KB242316

원본 윤동주 시집

하늘과 바람과 별과 詩

최동호 주해

죽는 날까지 하늘을 우르러
한 점 부끄럼이 없기를,
잎새에 이는 바람에도
나는 괴로워했다.

연희전문 졸업앨범 사진

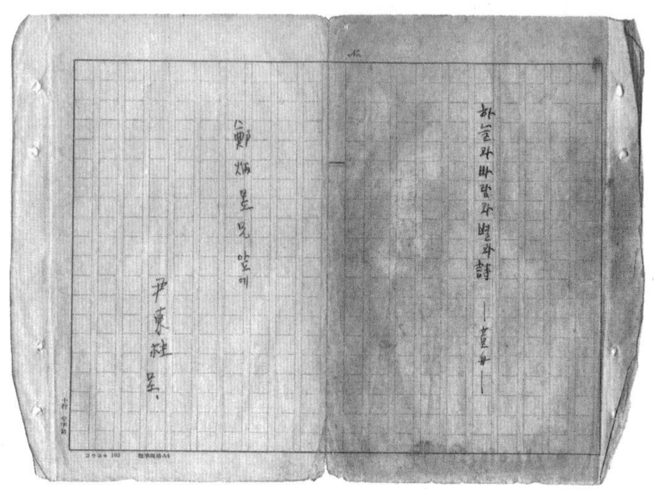

↑『하늘과 바람과 별과 詩』친필원고

← 윤동주의 조부인 윤하현 장로. '명동의 여러 어른들 가운데서 인물됨이 가장 컸다'는 칭송을 들었다. 체구가 당당했고 외출할 때 말을 타고 다녔다. 윤동주가 연전 문과에 진학할 때 고등고시를 치루어 출세하기를 바라고 밀어주었다.

↓ 연전 시절 고궁 잔디밭에서 찍은 사진. 왼쪽에서 네 번째가 윤동주. 연전은 기독교계 학교였기 때문에 윤동주는 일제 치하에서도 비교적 자유로운 학풍과 분위기 속에서 지낼 수 있었다.

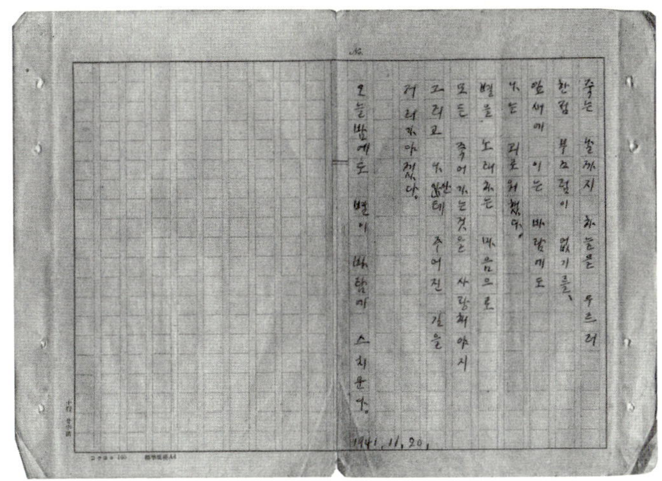

↑ 『하늘과 바람과 별과 詩』 친필원고

/ 일본 유학 첫 해인 1942년 여름방학에 귀향한 윤동주. 이 사진에서 윤동주의 빡빡 깎은 머리 모양에 대한 의문이 발단이 되어, 일본인 여성 양원태자 씨의 '윤동주의 입교대학 시절의 자취 찾기'가 시작되었다.

↓ 윤동주(왼쪽)와 정병욱(오른쪽)

↑ 윤동주의 용정 고향 집 마당에서 문재린 목사의 집례로 거행된 윤동주의 장례식(사진 윗 부분에 사망 장소와 시간이 명기되어 있다). 영정의 오른편은 가족들, 영정의 왼편 첫 번째 사람이 문재린 목사이다. 이날 장례식에서 연전 문우회가 발행한 『문우』에 실린 윤동주의 시 두 편이 낭독되었다. 눈보라가 섞인 추운 날씨여서 유족들과 조문객들의 마음을 더욱 춥고 아리게 했다.

↑ 연전 졸업반 시절의 윤동주(왼쪽)와 정병욱(오른쪽). 정병욱이 윤동주에게서 받은 필사본 시집 『하늘과 바람과 별과 시』를 잘 보관했다가 해방 뒤에 월남한 유족에게 전함으로써 윤동주라는 시인을 세상에 알리는 데 크게 공헌하였다.

↓ 윤동주가 옥사한 복강형무소의 정문. 시신을 찾으러 간 윤동주의 부친과 당숙이 이 감옥 복도에 주저앉아서 통곡했다.

↘ 일본 도지샤 대학에 있는 윤동주 시비

『하늘과 바람과 별과 詩』
초간본, 정음사, 1948년

『하늘과 바람과 별과 詩』
정음사, 1955년

『하늘과 바람과 별과 詩』
정음사, 1955년

머리말

　　윤동주 시를 1960년대부터 읽었던 것으로 기억된다. 이후 윤동주의 시는 필자의 시와 삶에 중요한 이정표를 제시해 주었다. 문학청년 시절 시가 무엇인가를 생각할 때 윤동주의 시를 읽었고, 삶이 무엇인가를 번민하게 되었을 때 윤동주를 떠올렸다.

　　그리고 한동안 윤동주를 잊고 살았다. 그럼에도 윤동주 시는 내 곁을 떠나지 않았다. 10년 전부터 다시 윤동주의 시를 읽었다. 그동안 가볍게 지나쳐 가서 제대로 읽지 못하고 어설프게 알고 있던 구절들이 떠올랐다. 최근『육필원고 대조 윤동주 시전집』, 서정시학, 2010)을 엮어 윤동주 시의 총체성을 밝혀 보고자 노력하였다.

　　그래도 남는 것들이 있어 1948년 유고시집으로 간행된 최초의 판본을 좀 더 자세하게 다시 읽어보아야 한다는 생각이 들었다. 마침 도서출판 깊은샘으로부터 오래 전에 받은 청탁도 있었다. 오늘의 독자들이 최초의 판본을 가급적 친근하게 읽을 수 있도록 비교적 상세하게 주석을 가하는 것을 이 작업의 목표로 삼았다. 가볍게 시작했지만 결코 가벼운 일은 아니었다. 어떤 독자들에게는 이 번다한 주석들이 불필요하게 받아들여질 수도 있다. 과다한 친절이 윤동주 시를 읽고자 하는 독자에게 방해가 될 수도 있기 때문이다.

그럼에도 최초의 판본을 그대로 만나는 기쁨을 위해서는 더 많은 현대의 독자들에게 윤동주의 시를 친근하게 하는 작업도 특히 한자와 더 멀어질 미래의 세대를 위해 의미 있는 일이 될 것이라고 판단하였다.

마지막으로 지난 반세기 동안 필자가 시를 공부하고 문학의 길을 찾는 과정에서 윤동주와 함께한 것은 커다란 행운이자 기쁨이었다는 것을 고백해 두고자 한다. 윤동주의 순정한 시심은 흔들리기 쉬운 필자의 마음을 바로 잡아 주는 좌우명과 같았다. 이 작업은 좌우명에 대한 작은 정표를 남기는 것이라고 해도 과언이 아니다.

자료 정리를 위해 노력을 아끼지 않은 박사과정 김희진 양과 오랜 시간 참고 기다려 준 도서출판 깊은샘 박현숙 사장님에게 감사드린다.

2011년 3월 28일

최 동 호

제1부 『하늘과 바람과 별과 詩』원본

하늘과 바람과 별과 詩

제2부 『하늘과 바람과 별과 詩』 주해본

하늘과 바람과 별과 詩

일러두기

이 책은 1948년 정음사에서 간행한 최초의 유고시집을 토대로 작성했다.

이 책의 제1부는 유고시집을 원본으로 하고, 제2부는 현대어 본을 수록하였는데
활자의 마모 등으로 인해 원본 활자의 크기를 조금 확대하였다.

한자어는 물론 시어 풀이에 있어서 일반 독자의 편의를 위해 가급적 상세하게 주석
을 가했다.

윤동주 시에 자주 반복되는 용례를 시어 풀이에 인용하여 단순한 주석을 넘어 윤
동주 특유의 어법을 이해하는 데 도움이 되도록 했다.

윤동주 연보는 생존 시기에 그치지 않고 그의 사후로부터 현재까지 연장하여 윤동
주가 지닌 불멸의 생명력을 보여 주고자 했다.

사진과 설명은 송우혜 씨의 「윤동주 평전」에서 인용하였다.

제1부
『하늘과 바람과 별과 詩』 원본

序---딸것이 아니라

내가 무엇이고 精誠껏 몇마디 써야만할 義務를 가졌건만 붓을 잡기가 죽기보담 싫은 날, 나는 천의를 뒤집어 쓰고 차러리 病아닌 呻吟을 하고 있다.

무엇이라고 써야 하나?

才操도 蕩盡하고 勇氣도 傷失하고 8·15 以後에 나는 不償하게도 늙어 간다.

누가 있어서 "너는 一片의 精誠까지도 잃었느냐?" 叱咤한다면 少許 抗論이 없이 앉음을 고쳐 무릎을 꿇으리라

아직 무릎을 꿇을만한 氣力이 남었기에 나는 이 붓을 들어 詩人 尹東柱의 遺稿에 焚香하노라.

겨우 30餘篇 되는 遺詩以外에 尹東柱와 그의 詩人됨에 關한 아무 目證한바 材料를 나는 갖지 않었다.

"虎死留皮"라는 말이 있겠다. 범이 죽어 가죽이 남었다면

그의 虎皮을 鑑定하여 "壽男"이라고 하랴? "福童"이라고 하랴? 범이란 범이 모조리 이름이 없었던 것이다.

내가 詩人 尹東柱를 몰랐기로소니 尹東柱의 詩가 바로 "詩"고 보면 그만 아니냐?

虎皮는 마침내 虎皮에 지나지 못하고 말을것이나, 그의 "詩"로 써 그의 "詩人"됨을 알기는 어렵지 않은 일이다.

．．．．．．．．．．．．．．．．．．

나도 모를 아픔을 오래 참다 처음으로 이곳에 찾어왔다. 그러나 나의 늙은 의사는 젊은이의 病을 모른다. 나한테는 病이 없다고 한다. 이 지나친 試鍊, 이 지나친 疲勞, 나는 성내서는 안된다.
──그의 遺詩 "病院"의 一節.

그의 다음 동생 ─柱君과 나의 問答──.
"형님이 살였으면 몇살인고?"
"설흔 한살 입니다"
"죽기는 스물 아홉해요 ──"
"間島에는 언제 가셨던고?"
"할아버지 해요"

"지나시기는 어떠했던고?"

"할아버지가 開拓하여 小地主程度였읍니다"

"애버지는 무얼 하시노?"

"장사도 하시고 會社에도 다니시고 했지요"

"아아, 間島에 詩와 哀愁와 철은것이 驅群하기 비롯한다면
尹東柱와 같은 世代에서 부럼아였고나!" 나는 感傷하였다.

············

봄이 오면

罪를 짓고

눈이

밝어

이브가 解産하는 수고를 다하면

無花果 잎사귀로 부끄런데를 가리고

나는 이마에 땀을 흘려야겠다.——

5

　　　——"또 太初의 아츰"의 一節.

다시 —桂君과 나와의 問答—

"延專을 마추고 同志社에 가기는 몇살이었던고?"

"스물 여섯 적입니다."

"무슨 戀愛같은 것이나 있었나?"

"하도 말이 없어서 모릅니다"

"술은?"

"먹는것 못 보았읍니다"

"담배는?"

"집에 와서는 어른들 때문에 피우는 것 못 보았읍니다"

"奢侈하진 않었나?"

"누가 달라면 册이나 샤쓰나 거저 줍데다"

"工夫는?"

"册을 보다가도 집에서나 남이 願하면 時間까지도 아끼지 않읍데다"

"心術은?"

"順하디 順하였읍니다"

"몸은?"

"中學때 蹴球選手였읍니다"

"主策은?"

"남이 하자는대로 하다가도 함부로 속을 주지는 않읍데다"

．．．．．．．．．

　코카사쓰 山中에서 도망해온 토끼처럼

　둘러리를 빙빙 돌며 肝을 지키자

　내가 오래 기르는 여윈 독수리야!

　와서 뜯어먹어라, 시름 없이

　너는 살지고

　나는 여위어야지, 그러나

．．．．．．．．．．．．． "肝"의 一節.

老子 五千言에

"虛其心 實其腹 弱其志 强其骨"이라는 句가 있다

靑年 尹東柱는 意志가 弱하였을 것이다. 그렇기에　抒情詩

에 優秀한 것이겠고, 그러나 때가 强하였던 것이려니, 그렇기에 日賊에게 살을 내던지고 때를 차지한것이 아니었던가?

무시무시한 孤獨에서 죽었고나! 29歲가 되도록 詩를 發表하여 본적도 없이!

日帝時代에 날뛰던 附日文士놈들의 글이 다시 보아 침을 배앝을 것 뿐이나, 無名 尹東柱가 부끄럽지 않고 슬프고 아름답기 限이 없는 詩를 남기지 않았나?

詩와 詩人은 원래 이러한 것이다.

·············

羞額한 예수·그리스도에게

처럼

十字架가 許諾된다면

목아지를 드리우고

꽃처럼 피어나는 피를

어두어가는 하늘 밑에

조용히 흘려겠읍니다.——"十字架"의 一節.

日帝憲兵은 총살장에도 꽃과 같은, 어름 아래 다섯 팔마디

鯉魚와 같은 朝鮮 靑年詩人을 죽이고 제나라를 亡쳤었다.

　뼈가 强한 罪로 죽은 尹東柱의　白骨은 이게 故土　間島에
누워 있다.

　　　故都에 돌아온 날 밤에
　　　내 白骨이 따라와 한방에 누웠다.

　　　어둔 房은 宇宙로 通하고
　　　하늘에선가 소리처럼 바람이 불어온다.

　　　어둠속에 곱게 風化作用하는
　　　白骨을 드려다 보며
　　　눈물 짓는것이 내가 우는 것이냐
　　　白骨이 우는 것이냐
　　　아름다운 魂이 우는 것이냐

　　　志操 높은 개는
　　　밤을 세워 어둠을 짖는다.

어둠을 짓는 개는

나를 쫓는 것일게다.

가자 가자

쫓기우는 사람처럼 가자

白骨 몰래

아름다운 또 다른 故郷에 가자——"또 다른 故郷"

만일 尹東柱가 이제 살어 있다고 하면 그의 詩가 어떻게

進展하겠느냐는 問題

그의 親友 金三不氏의 追悼辭와 같이 틀림 없이

아무렴! 또 다시 다른 길로 奮然 邁進할 것이다.

1947年 12月 28日

지 용

차   례

序   詩

하늘과 바람과 별과 詩

흰 그림자

밤

裝幀·李 顔

하늘과 바람과 별과 詩

(序　　詩)

"하늘과　바람과　별과　詩"

죽는 날까지 하늘을 우르러

한점 부끄럼이 없기를,

잎새에 이는 바람에도

나는 괴로워했다.

별을 노래하는 마음으로

모든 죽어가는것을 사랑해야지

그리고 나한테 주어진 길을

걸어가야겠다.

오늘밤에도 별이 바람에 스치운다.

(1941. 11. 20)

自 畵 像

산모퉁이를 돌아 논가 외딴우물을 홀로 찾어가선 가
만히 들여다 봅니다.

우물속에는 달이 밝고 구름이 흐르고 하늘이 펼치고
파아란 바람이 불고 가을이 있습니다.

그리고 한 사나이가 있습니다.
어쩐지 그 사나이가 미워저 돌아갑니다.

돌아가다 생각하니 그 사나이가 가엾어집니다. 도로
가 들여다 보니 사나이는 그대로 있습니다.

다시 그 사나이가 미워저 돌아갑니다.
돌아가다 생각하니 그 사나이가 그리워집니다.

우물속에는 달이 밝고 구름이 흐르고 하늘이 펼치고
파아란 바람이 불고 가을이 있고 追憶처럼 사나이가
있습니다.

(1939. 9)

少　年

여기저기서 단풍잎 같은 슬픈가을이 뚝뚝 떨어진다.
단풍잎 떨어저 나온 자리마다 봄을 마련해 놓고 나
무가지 우에 하늘이 펼처있다. 가만이 하늘을 들여
다 보려면 눈섭에 파란 물감이 든다. 두손으로 따뜻
한 볼을 쓰서보면 손바닥에도 파란 물감이 묻어난
다. 다시 손바닥을 들여다 본다. 손금에는 맑은 강
물이 흐르고, 맑은 강물이 흐르고, 강물속에는 사랑
처럼 슬픈얼골—— 아름다운 順伊의 얼골이 어린다.
少年은 황홀이 눈을 감어 본다. 그래도 맑은 강물은
흘러 사랑처럼 슬픈얼골—— 아름다운 順伊의 얼골
으 어린다.

(1 9 3 9)

눈 오는 地圖

順伊가 떠난다는 아츰에 말못할 마음으로 함박눈이 나려, 슬픈것 처럼 窓밖에 아득히 깔린 地圖우에 덮인다.

房안을 돌아다 보아야 아무도 없다. 壁과 天井이 하얗다. 房안에까지 눈이 나리는 것일까, 정말 너는 잃어버린 歷史처럼 흘흘이 가는것이냐, 떠나기前에 일러둘말이 있든것을 편지를 써서도 네가 가는 곳을 몰라 어느 거리, 어느 마을, 어느 지붕밑, 너는 내 마음속에만 남어 있는 것이냐, 네 쪼고만 발자욱을 눈이 작고 나려 덮여 따라갈수도 없다. 눈이 녹으면 남은 발자욱 자리마다 꽃이 피려니 꽃사이로 발자욱을 찾어 나서면 一年열두달 하냥 내 마음에는 눈이 나리리라.

(1941. 3. 12)

19

돌아와 보는 밤

세상으로부터 돌아오듯이 이제 내 좁은 방에 돌아와
불을 끄옵니다. 불을 켜두는것은 너무나 피로롭은
일이옵니다. 그것은 낮의 延長이옵기에——

이제 窓을 열어 空氣를 바꾸어 들여야할텐데 밖을
가만이 내다 보아야 房안과 같이 어두어 꼭 세상같
은데 비를 맞고 오든 길이 그대로 비속에 젖어 있사
옵니다.

하로의 울분을 씻울바 없어 가만히 눈을 감으면 마
음속으로 흐르는 소리, 이제, 思想이 능금처럼 저절
로 익어 가옵니다.

(1 9 4 1. 6)

20

病　　院

살구나무 그늘로 얼골을 가리고 病院 뒷뜰에 누워,
젊은 女子가 흰옷 아래로 하얀 다리를 드려내 놓고
日光浴을 한다. 한나절이 기울도록 가슴을 앓는다는
이 女子를 찾어 오는 이, 나비 한마리도 없다. 슬프
지도 않은 살구나무가지에는 바람조차 없다.

나도 모를 아픔을 오래 참다 처음으로 이곳에 찾어
왔다. 그러나 나의 늙은 의사는 젊은이의 病을 모른
다. 나한테는 病이 없다고 한다. 이 지나친 試鍊,
이 지나친 疲勞, 나는 성내서는 안된다.

女子는 자리에서 일어나 옷깃을 여미고 花壇에서 金
盞花 한포기를 따 가슴에 꼽고 病室안으로 살어진
다. 나는 그 女子의 健康이—— 아니 내 健康도 速

히 回復되기를 바라며 그가 누웠던 자리에 누워
본다.

(1940. 12)

새로운 길

내를 건너서 숲으로
고개를 넘어서 마을로

어제도 가고 오늘도 갈
나의 길 새로운 길

문들레가 피고 까치가 날고
아가씨가 지나고 바람이 일고

나의 길은 언제나 새로운 길
오늘도…… 내일도……

내를 건너서 숲으로
고개를 넘어서 마을로

(1938. 5. 10)

23

看板없는 거리

停車場 푸렐폼에
나렸을 때 아무도 없어,

다들 손님들뿐,
손님같은 사람들뿐,

집집마다 看板이 없어
집 찾을 근심이 없어

빨갛게
파랗게
불 붙는 文字도 없이

모롱이마다

24

慈愛로운 헌 瓦斯燈에
불을 혀놓고,

손목을 잡으면
다들, 어진사람들
다들, 어진사람들

봄, 여름, 가울, 겨울,
순서로 돌아들고.

(1941)

太初의 아츰

봄날 아츰도 아니고
여름, 가을, 겨울,
그런날 아츰도 아닌 아츰에

빨ㅡ간 꽃이 피어났네,
햇빛이 푸른데,

그 前날 밤에
그 前날 밤에
모든것이 마련되었네,

사랑은 뱀과 함께
毒은 어린 꽃과 함께

26

또 大初의 아춤

하얗게 눈이 덮이었고

電信柱가 잉잉 울어

하나님 말씀이 들려온다.

무슨 啓示일까.

빨리

봄이 오면

罪를 짓고

눈이 밝어

이브가 解産하는 수고를 다하면

無花果 잎사귀로 부끄런데를 가리고

나는 이마에 땀을 흘려야겠다.

새벽이 올때까지

다들 죽어가는 사람들에게
검은 옷을 입히시요.

다들 살어가는 사람들에게
흰 옷을 입히시요.

그리고 한 寢臺에
가즈런이 잠을 재우시요.

다들 울거들랑
젖을 먹이시요.

이제 새벽이 오면
나팔소리 들려 올게외다.

(1 9 4 1. 5)

25

무서운 時間

거 나를 부르는것이 누구요.

가랑잎 잎파리 푸르러 나오는 그늘인데
나,아직 여기 呼吸이 남어 있소.

한번도 손들어 보지못한 나를
손들어 표할 하늘도 없는 나를

어디에 내 한몸둘 하늘이 있어
나를 부르는 것이오.

일이 마치고 내 죽는 날 아츰에는
서럽지도 않은 가랑잎이 떨어질랜데……

나를 부르지마오.

(1941. 2. 7)

29

十字架

쫓아오든 햇빛인데
지금 敎會堂 꼭대기
十字架에 걸리였습니다.

尖塔이 저렇게도 높은데
어떻게 올라갈수 있을가요.

鐘소리도 들려오지 않는데
휘파람이나 불며 서성거리다가,

피로왔든 사나이.
幸福한 예수 · 그리스도에게
처럼
十字架가 許諾된다면

70

목아지를 드리우고
꽃처럼 피여나는 피를
어두어가는 하늘밑에
조용이 흘리겠습니다.

(1941. 5. 31)

바람이 불어

바람이 어디로부터 불어와
어디로 불려가는 것일까,

바람이 부는데
내 괴로움에는 理由가 없다.

내 괴로움에는 理由가 없을까.

단 한 女子를 사랑한 일도 없다.
時代를 슬퍼한 일도 없다.

바람이 자꼬 부는데
내발이 반석우에 섰다.

32

강물이 자꼬 흐르는데
내발이 언덕우에 섰다.

(1941. 6. 2)

슬픈 族屬

흰 수건이 검은 머리를 두르고
흰 고무신이 거친발에 걸리우다.

흰 저고리 치마가 슬픈 몸집을 가리고
흰 띠가 가는 허리를 질끈 동이다.

(1933. 9)

눈감고 간다

太陽을 사모하는 아이들아
별을 사랑하는 아이들아

밤이 어두었는데
눈감고 가거라.

가진바 씨앗을
뿌리면서 가거라.

발뿌리에 돌이 채이거든
감었든 눈을 와짝떠라.

(1941. 5. 31)

또 다른 故鄕

故鄕에 돌아온날 밤에
내 白骨이 따라와 한방에 누웠다.

어둔 房은 宇宙로 通하고
하늘에선가 소리처럼 바람이 불어온다.

어둠속에 곱게 風化作用하는
白骨을 들여다 보며
눈물 짓는것이 내가 우는것이냐
白骨이 우는것이냐
아름다운 魂이 우는것이냐

志操 높은 개는
밤을 새워 어둠을 짖는다.

어둠을 짖는 개는
나를 쫓는 것일게다.

가자 가자
쫓기우는 사람처럼 가자
白骨몰래
아름다운 또 다른 故鄕에 가자.

(1941. 9)

길

잃어 버렸읍니다.
무얼 어디다 잃었는지 몰라
두손이 주머니를 더듬어
길에 나아갑니다.

돌과 돌과 돌이 끝없이 연달어
길은 돌담을 끼고 갑니다.

담은 쇠문을 굳게 닫어
길우에 긴 그림자를 드리우고

길은 아츰에서 저녁으로
저녁에서 아츰으로 통했읍니다.

38

돌담을 더듬어 눈물 짓다
처다보면 하늘은 부끄럽게 푸릅니다.

풀 한포기 없는 이 길을 걷는것은
담 저쪽에 내가 남어 있는 까닭이요,

내가 사는것은 다만,
잃은것을 찾는 까닭입니다.

(1941. 9. 31)

별 헤는 밤

季節이 지나가는 하늘에는
가을로 가득 차있읍니다.

나는 아무 걱정도 없이
가을 속의 별들을 다 헤일듯합니다.

가슴속에 하나 둘 새겨지는 별을
이제 다 못헤는것은
쉬이 아츰이 오는 까닭이오,
來日 밤이 남은 까닭이오,
아직 나의 靑春이 다하지 않은 까닭입니다.

별 하나에 追憶과
별 하나에 사랑과

별 하나에 追憶과
별 하나에 憧憬과
별 하나에 詩와
별 하나에 어머니, 어머니,

어머님, 나는 별 하나에 아름다운 말 한마디씩 불러
봅니다. 小學校 때 册床을 같이 했든 아이들의 이름
과 佩, 鏡, 玉 이런 異國少女들의 이름과 벌써 애기
어머니 된 게집애들의 이름과, 가난한 이웃사람들의
이름과, 비둘기, 강아지, 토끼, 노새, 노루, "푸랑
시스 짬" "라이넬 • 마리아 • 릴케" 이란 詩人의 이
름을 불러봅니다.

이네들은 너무나 멀리 있습니다.
별이 아슬이 멀듯이,

어머님,

그리고 당신은 멀리 北間島에 계십니다.

나는 무엇인지 그리워

이 많은 별빛이 나런 언덕우에

내 이름자를 써보고,

흙으로 덮어 버리었습니다.

따는 밤을 새워 우는 버레는

부끄러운 이름을 슬퍼하는 까닭입니다.

그러나 겨울이 지나고 나의 별에도 봄이 오면

무덤 우에 파란 잔디가 피어나듯이

내 이름자 묻힌 언덕우에도

자랑처럼 풀이 무성할게외다.

(1941. 11. 5)

흰 그림자

흰 그림자

黃昏이 질어지는 길모금에서
하로종일 시들은 귀를 가만이 기울이면
땅검의 옮겨지는 발자취소리,

발자취소리를 들을수 있도록
나는 총명했든가요.

이제 어리석게도 모든것을 깨달은 다음
오래 마음 깊은 속에
괴로워하든 수많은 나를
하나, 둘 제고장으로 돌려 보내면
거리 모통이 어둠 속으로
소리 없이 사라지는 흰 그림자,

흰 그림자들
연연히 사랑하든 흰 그림자들,

내 모든것을 돌려 보낸 뒤
허전히 뒷골목을 돌아
黃昏처럼 물드는 내방으로 돌아오면

信念이 깊은 으젓한 羊처럼
하로종일 시름없이 풀포거나 뜯자.

(1942. 4. 14)

사랑스런 追憶

봄이 오든 아츰, 서울 어느 쪼그만 停車場에서 希望
과 사랑처럼 汽車를 기다려,

나는 푸랑·폼에 간신한 그림자를 터러트리고, 담배
를 피웠다.

내 그림자는 담배연기 그림자를 날리고,
비둘기 한떼가 부끄러울것도 없이
나래속을 속 속 햇빛에 비춰 날었다.

汽車는 아무 새로운 소식도 없이
나를 멀리 실어다 주어,

봄은 다 가고── 東京郊外 어느 조용한 下宿房에

서, 옛거리에 남은 나를 希望과 사랑처럼 그리워
한다.

오늘도 汽車는 몇번이나 無意味하게 지나가고,
오늘도 나는 누구를 기다려 停車場 가차운 언덕에서
서성거릴게다.

──아아 젊음은 오래 거기 남어 있거라.

(1942. 5. 13)

흐르는 거리

으스럼이 안개가 흐른다. 거리가 흘러간다. 저 電車, 自動車, 모든 바퀴가 어디로 흘리워 가는것일까? 碇泊할 아무 港口도 없이, 가련한 많은 사람들을 실고서, 안개 속에 잠긴 거리는,

거리 모롱이 붉은 포스트 상자를 붙잡고, 섰을려면 모든것이 흐르는 속에 어렴풋이 빛나는 街路燈, 꺼지지 않는것은 무슨 象徵일까? 사랑하는 동무 朴이여! 그리고 金이여! 자네들은 지금 어디 있는가? 끝없이 안개가 흐르는데,
"새로운날 아츰 우리 다시 情답게 손목을 잡어 보세" 몇자 적어. 포스트 속에 떨어트리고, 밤을 새워 기다리면 金徽章에 金단추를 삐였고 巨人처럼 찬란히 나타나는 配達夫, 아츰과 함께 즐거운 來臨,
이 밤을 하염없이 안개가 흐른다.

49

쉽게 씨워진 詩

窓밖에 밤비가 속살거려
六疊房은 남의 나라,

詩人이란 슬픈 天命인줄 알면서도
한줄 詩를 적어볼까,

땀내와 사랑내 포그니 품긴
보내주신 學費封套를 받어

大學노―트를 끼고
늙은 敎授의 講義 들으려 간다.

생각해 보면 어린 때 동무를
하나, 둘, 죄다 잃어 버리고

나는 무얼 바라

나는 다만, 홀로 沈澱하는 것일까?

人生은 살기 어렵다는데

詩가 이렇게 쉽게 씨워지는것은

부끄러운 일이다.

六疊房은 남의 나라

窓밖에 밤비가 속살거리는데,

등불을 밝혀 어둠을 조곰 내몰고,

時代처럼 올 아츰을 기다리는 最後의나,

나는 나에게 적은 손을 내밀어

눈물과 慰安으로 잡는 最初의 握手.

(1942. 6. 3)

봄

봄이 血管속에 시내처럼 흘러

돌, 돌, 시내 가차운 언덕에

개나리, 진달래, 노오란 배추꽃,

三冬을 참어온 나는

풀포기처럼 피어난다.

즐거운 종달새야

어느 이랑에서나 즐거웁게 솟쳐라.

푸르른 하늘은

아른아른 높기도한데……

밤

밤

오양간 당나귀
아—ㅇ 앙 외마디 울음울고,

당나귀 소리에
으—아 아 애기 소스라처깨고,

등잔에 불을 다오.

아버지는 당나귀에게
짚을 한키 담아주고,

어머니는 애기에게
젖을 한목음 먹이고,

밤은 다시 고요히 잠드오.　　(1937. 3)

遺　言

후어—ㄴ한 房에
遺言은 소리없는 입놀림.

——바다에 眞珠캐려 갔다는 아들
海女와 사랑을 속사긴다는 맏아들,
이밤에사 돌아오나 내다봐라——

平生 외롭든 아버지의 殞命
감기우는 눈에 슬픔이 어린다.

외딴집에 개가 짖고
휘양찬 달이 문살에 흐르는 밤.

(1937. 10. 24)

56

아우의 印像畵

붉은 이마에 쌔늘한 달이 서리어
아우의 얼골은 슬픈 그림이다.

발거리 멈추어
살그머니 애던 손을 잡으며
"너는 자라 무엇이 되려니"
"사람이 되지"
아우의 설흔 진정코 설흔 對答이다.

슬며—시 잡었든 손을 놓고
아우의 얼골을 다시 들여다 본다.

쌔늘한 달이 붉은 이마에 젖어
아우의 얼골은 슬픈 그림이다.

(1938. 9. 15)

57

慰　勞

거미란놈이 흉한 심보로 病院뒷뜰 난간과 꽃밭사이
사람발이 잘 닿지 않는 곳에 그물을 쳐 놓았다. 屋
外療養을 받는 젊은 사나이가 누워서 치어다 보기
바르게——

나비가 한마리 꽃밭에 날어 들다 그물에 걸리었다.
노—란 날개를 파득거려도 파득거려도 나비는 자꼬
감기우기만 한다. 거미가 쏜살같이 가더니 끝없는
끝없는 실을 뽑아 나비의 온몸을 감어버린다. 사나
이는 긴 한숨을 쉬었다.

나이보담 무수한 고생끝에 때를 잃고 病을 얻은
이 사나이를 慰勞할말이——거미줄을 헝클어 버리는
것 밖에 慰勞의 말이 없었다.

(1940. 12. 3)

肝

바닷가 햇빛 바른 바위우에
습한 肝을 펴서 말리우자.

코카사쓰 山中에서 도망해 온 토끼처럼
둘러리를 빙빙 돌며 肝을 지키자,

내가 오래 기르든 여윈 독수리야!
와서 뜯어먹어라, 시름없이

너는 살지고
나는 여위어야지, 그러나,

거북이야!
다시는 龍宮의 誘惑에 안떨어진다.

59

푸로메디어쓰 불상한 푸로메디어쓰

불 도적한 죄로 목에 맷돌을 달고

끝없이 沈澱하는 푸로메디어쓰.

(1941. 11. 29)

산 골 물

괴로운 사람아 괴로운 사람아

옷자락 물결 속에서도

가슴속 깊이 돌돌 샘물이 흘러

이 밤을 더부러 말할이 없도다.

거리의 소음과 노래 부를수 없도다.

그신듯이 냇가에 앉었으니

사랑과 일을 거리에 맥기고

가마니 가마니

바다로 가자,

바다로 가자.

懺 悔 錄

파란 녹이 낀 구리거울 속에
내 얼굴이 남어있는것은
어느 王朝의 遺物이기에
이다지도 욕될까

나는 나의 참회의 글을 한줄에 줄이자
──滿二十四年 一個月을
　　무슨 기쁨을 바라 살아왔는가

내일이나 모레나 그 어느 즐거운 날에
나는 또 한줄의 참회록을 써야한다.
──그때 그 젊은 나이에
　　왜 그런 부끄런 告白을 했든가

밤이면 밤마다 나의 거울을
손바닥으로 발바닥으로 닦어보자

그러면 어느 隕石밑으로 홀로 걸어가는
슬픈 사람의 뒷모양이
거울 속에 나타나 온다.

(1924)

窓밖에 있거든 두다리라

——東柱 夢奎 두靈을 부른다——

柳　玲

東柱야 夢奎야

너와 즐겨 와우고

내와 즐겨 울면

三不이도 炳昱이도

그리고 處重이도…………

아니 네노래 한구절 흉내여도 땀빼던 踏이도 여기 와

있다.

차디찬 下宿房에

한술밥을 노느며

詩와 朝鮮과 人民을 말하면

詩와 朝鮮과 人民과 죽엄을 같이하려던

네 벗들이

65

여기 와 기다린지 오래다.

窓밖에 있거든 두다려라

東柱야 夢奎야

너를 찾아 바람끝이 滿洲에 낭게하고

너로 하여금 그늘 밑에, 숨어 詩를 쓰게 하고

너를 잡어 異域 獄窓에 늙게한

너와 나와 이룰 갈면 惡魔 또한 풀려가

게당소리 항까만 칼자루에 빳강고량 소리마저 사라
졌다.

너와 함께 즐겨 거닐다

한잔 차에 시름 띠어

뭉친 가슴 풀어보면

여기가 바로 茶房 허터울이다.

그렇다 뫼의 噴出을 가다듬어

怨讎의 이빨을 떼려다

급기야 강아지 발톱에 찢긴

여기가 바로 茶房

나는 믿지않는다 믿지 못한다
네 없음을 말해야 할 이자리란
금시 너의는 鴛鴦새 모양 발을 맞추어
恒時 잊지않던 微笑를 들고
너는 우리 자리에 손을 내밀것이다.

窓外에 있거든 두다려라
그리고 소티쳐 對答하라.

모진 바람에도 거세지 않은 네 龍井사투리와
고요한 봄물결과 같이
또 五月하늘 비단을 젖는 피꼬리 소리와 같이
어여쁘면 네 노래를 기다린지 이기 三年
시언하게 怨讎도 못갚은채 새원수에 쫓기는
울줄도 모르는 어리석은 네 벗들이
다시금 웨쳐 네 이름 부르노니

67

아는가 모르는가
"東柱야! 夢奎야!"

(1947. 2. 16)

跋　文

　東柱는 별로 말주변도 사귐성도 없었건만 그의 房에는 언제나 친구들이 가득 차 있었다. 아모리 바쁜 일이 있더라도 "東柱 있나" 하고 찾으면 하던 일을 모두 내 던지고 빙그레 웃으며 반가히 마조 앉아 주는 것이었다.

　"東柱 좀 걸어 보자구" 이렇게 散策을 請하면 싫다는 적이 없었다. 겨울이든 여름이든 밤이든 새벽이든 山이든 들이든 江까이든 아모런때 아모데를 끌어도 선듯 따라 나서는 것이었다. 그는 말이 없이 默默히 걸었고 恒常 그의 얼골은 沈鬱하였다. 가끔 그러다가 외마디 悲痛한 高喊을 잘 질렀다. "아—" 하고 나오는 외마디소리! 그것은 언제나 친구들의 마음에 알지 못할 鬱憤을 주었다.

　"東柱 돈 좀 있나" 옹색한 친구들은 곳잘 그의 넉넉지 못한 주머니를 노리었다. 그는 있고서 안주는 법이 없었고 없으면 대신 外套든 時計든 내 주고야 마음을 놓았다. 그래서 그의 外套나 時計는 친구들의 손을 거쳐 典當舖 나드리를 부즈런이 하였다.

이런 東柱도 친구들에게 굳이 拒否하는 일이 두가지 있었다. 하나는 "東柱 자네 詩 여기를 좀 고치면 어떤가" 하는데 對하여 그는 應하여 주는 때가 없었다. 조용이 열흘이고 한 달이고 두달이고 곰곰이 생각하여서 한편 詩를 誕生시킨다. 그때 까지는 누구에게도 그 詩를 보이지를 않는다. 이미 보여 주는 때는 흠이 없는 하나의 珠이다 지나치게 그는 謙虛 溫順하였건만, 自己의 詩만은 讓步하지를 안했다.

또 하나 그는 한 女性을 사랑하였다. 그러나 이 사랑을 그 女性에게도 친구들에게도 끝내 告白하지 안했다. 그 女性도 모르는 친구들도 모르는 사랑을 回答도 없고 돌아오지도 않는 사랑을 제 홀로 간직한채 苦憫도 하면서 希望도 하면서----쑥스럽다 할까 어리석다 할까? 그러나 이제 와 고쳐 생각하니 이것은 하나의 女性에 對한 사랑이 아니라 이루어 지지 않을 "또 다른 故鄕"에 對한 꿈이 아니였던가. 어쨌면 친구들에게 이것만은 힘써 감추었다.

그는 間島에서 나고 日本福岡에서 죽었다. 異域에서 나고 갔건만 무던이 祖國을 사랑하고 우리말을 좋아 하더니----그는 나의 친구기도 하려니와 그의 아잇적동무 宋夢奎와 함께 "獨立運動"의 罪名으로 二年刑을 받아 監獄에 들어 간채 마침내 모진 惡刑에 쓸어지고 말았다. 그것은 夢奎와 東柱가 延專을 마치고 京都에 가서 大學生 노릇하던 中途의 일이었다

"무슨 뜻인지 모르나 마지막 외마디소리를 지르고 殞命했지요. 짐작컨대 그 소리가 마치 朝鮮獨立萬歲를 부르는듯 느껴지드군요"

이 말은 東柱의 最後를 監視하던 日本人 看守가 그의 屍體를 찾으려 福岡 갔던 그 遺族에게 傳하여준 말이다 그 悲痛한 외마디소리! 日本看守야 그 뜻을 알려만두 저도 그 소리에 느낀바 있었나 보다. 東柱 監獄에서 외마디소리로서 아조 가버리니 그 나이 스물아홉, 바로 解放되던 해다. 夢奎도 그 며칠 뒤 따라 獄死하니 그도 才士였느니라. 그들의 遺骨은 지금 間島에서 길이 잠들었고 이제 그 친구들의 손을 빌어 東柱의 詩는 한 책이 되어 길이 세상에 傳하여 지려한다

불러도 대답 없을 東柱 夢奎었만 혓되나마 다시 부르고 싶은 東柱! 夢奎!　　　　　　　　（강　처　중）

詩　集

하늘과　바람과　별과　詩

尹　東　柱

頒價　~~100~~圓

1948년 1월 20일　인쇄
1948년 1월 30일　발행

發　行　處

正　音　社

서울市會賢洞1街3—2

서(序)——랄것이 아니라

내가 무엇이고 정성(精誠)것 몇마디 써야만할 의무를 가졌건만 붓을 잡기가 죽기보담 싫은 날, 나는 천의를 뒤집어 쓰고 차라리 병(病)아닌 신음(呻吟)을 하고 있다.

무엇이라고 써야 하나?

재조(才操)도 탕진(蕩盡)하고 용기도 상실하고 8·15 이후에 나는 부당(不當)하게도 늙어 간다.

누가 있어서 "너는 일편(一片)의 정성(精誠)까지도 잃었느냐?" 질타(叱咤)한다면 소허(少許) 항론(抗論)이 없이 앉음을 고쳐 무릎을 꿇으리라.

아직 무릎을 꿇을만한 기력이 남었기에 나는 이 붓을 들어 시인 윤동주(詩人 尹東柱)의 유고(遺稿)에 분향(焚香)하노라.

겨우 30여편(餘篇) 되는 유시이외(遺詩以外)에 윤동주(尹東柱)의 그의 시인됨에 관한 아무 목증(目證)한바 재료(材料)를 나는 갖지 않았다.

"호사유피(虎死留皮)"라는 말이 있겠다. 범이 죽어 가죽이 남았다면 그의 호문(虎紋)을 감정(鑑定)하여 "수남(壽男)"이라고 하랴? "복동(福童)"이라고 하랴? 범이란 범이 모조리 이름이 없었던 것이다.

내가 시인 윤동주를 몰랐기로소니 윤동주의 시가 바로 "시(詩)"고 보면 그만 아니냐?

호피(虎皮)는 마침내 호피에 지나지 못하고 말을것이나, 그의 "시"로 써 그의 "시인"됨을 알기는 어렵지 않은 일이다.

....

나도 모를 아픔을 오래 참다 처음으로 이곳에 찾어왔다. 그러나 나의 늙은 의사는 젊은이의 병을 모른다. 나한테는 병이 없다고 한다. 이 지나친 시련, 이 지나친 피로, 나는 성내서는 안된다.
— 그의 유시(遺詩) "병원(病院)"의 일절.

그의 다음 동생 일주 군과 나의 문답——

"형님이 살었으면 몇살인고?"

"설흔 한살 입니다."

"죽기는 스물 이홉해요——"

"간도(間島)에는 언제 가셨던고?"

"할아버지 때요."

"지나시기는 어떠했던고?"

"할아버지가 개척(開拓)하여 소지주정도(小地主程度)였습니다"

"아버지는 무얼 하시노?"

"장사도 하시고 회사에도 다니시고 했지요"

"아아, 간도에 시와 애수(哀愁)와 같은것이 발효하기 비롯한다면
윤동주와 같은 세대에서 부텀이었고나!" 나는 감상하였다.

    ………

봄이 오면
죄(罪)를 짓고
눈이
밝어

  이브가 해산(解産)하는 수고를 다하면

  무화과(無花果) 잎사귀로 부끄런데를 가리고

  나는 이마에 땀을 흘려야겠다.——
              ——"또 태초(太初)의 아침"의 일절.

다시 일주군과 나와의 문답——

"연전(延專)을 마추고 동지사(同志社)에 가기는 몇살이었던고?"

"스물 여섯 적입니다."

"무슨 연애(戀愛)같은 것이나 있었나?"

"하도 말이 없어서 모릅니다."

"술은?"

"먹는것 못 보았습니다"

"담배는?"

"집에 와서는 어른들 때문에 피우는 것 못 보았습니다."

"인색(吝嗇)하진 않었나?"

"누가 달라면 책이나 샤쓰나 거저 줍데다"

"공부는?"

"책을 보다가도 집에서나 남이 원하면 시간까지도 아끼지 않읍데다"

"심술은?"

"순하디 순하였습니다"

"몸은?"

"중학때 축구선수였습니다"

"주책(主策)은?"

"남이 하자는대로 하다가도 함부로 속을 주지는 않읍데다"

············

코카사쓰 산중(山中)에서 도망해온 토끼처럼
둘러리를 빙빙 돌며 간(肝)을 지키자

내가 오래 기르는 여윈 독수리야!

와서 뜯어먹어라, 시름 없이

너는 살지고
나는 여위어야지, 그러나

──"간(肝)"의 일절

노자(老子) 오천언(五千言)에

"허기심 실기복 약기지 강기골(虛其心, 實其腹, 弱其志, 强其骨)"이라는 구(句)가 있다.

청년 윤동주는 의지가 약하였을 것이다. 그렇기에 서정시에 우수한 것이겠고, 그러나 뼈가 강하였던 것이리라, 그렇기에 일적(日賊)에게 살을 내던지고 뼈를 차지한것이 아니었던가?

무시무시한 고독에서 죽었고나! 29세가 되도록 시도 발표하여 본적도 없이!

일제시대에 날뛰던 부일문사(附日文士)놈들의 글이 다시 보아 침을 배앝을 것 뿐이나, 무명(無名) 윤동주가 부끄럽지 않고 슬프고 아름답기 한(限)이 없는 시를 남기지 않았나?

시와 시인은 원래 이러한 것이다.

....
행복한 예수 · 그리스도에게
처럼

십자가가 허락된다면

목아지를 드리우고
꽃처럼 피어나는 피를
어두어가는 하늘 밑에
조용히 흘리겠습니다.

— "십자가"의 일절.

일제헌병은 동(冬)섣달에도 꽃과 같은, 얼음 아래 다시 한마리 이어(鯉魚)와 같은 조선 청년시인을 죽이고 제나라를 망치었다.

뼈가 강(强)한 죄(罪)로 죽은 윤동주의 백골은 이제 고토(故土) 간도(間島)에 누워 있다.

고향(故鄕)에 돌아온 날 밤에
내 백골(白骨)이 따라와 한방에 누웠다.

어둔 방(房)은 우주(宇宙)로 통(通)하고
하늘에선가 소리처럼 바람이 불어온다.

어둠속에 곱게 풍화작용(風化作用)하는
백골(白骨)을 드려다 보며
눈물 짓는것이 내가 우는 것이냐
백골(白骨)이 우는 것이냐

아름다운 혼(魂)이 우는 것이냐

지조(志操) 높은 개는
밤을 새워 어둠을 짓는다.

어둠을 짓는 개는
나를 쫓는 것일게다.

가자 가자
쫓기우는 사람처럼 가자
백골(白骨) 몰래
아름다운 또 다른 고향(故鄕)에 가자

— "또 다른 고향"

만일 윤동주가 이제 살어 있다고 하면 그의 시(詩)가 어떻게 진전(進展)하겠느냐는 문제.

그의 친우 김삼불씨(金三不氏)의 추도사와 같이 틀림 없이
아무렴! 또 다시 다른 길로 구연(舊然) 매진(邁進)할 것이다.

1947年 12月 28日

지   용

하늘과 바람과 별과 시(詩)

서시(序詩)

" 하늘과 바람과 별과 시(詩) "

죽는 날까지 하늘을 우르러[1]

한점 부끄럼이 없기를,

잎새에 이는 바람에도

나는 괴로워했다.

별을 노래하는 마음으로

모든 죽어가는것을 사랑해야지

그리고 나한테 주어진 길을

걸어가야겠다.

오늘밤에도 별이 바람에 스치운다.[2]

(1941. 11. 20.)

---

1) **우르러**: 존경하는 마음으로 대하거나 그리다.

2) **스치운다**: 스친다. 윤동주의 시어에는 보조어간 '우' 가 덧붙는 경우가 많다.

   용례: 흰 고무신이 거츤발에 걸리우다 (「슬픈 족속」). 감기우는 눈에 슬픔이 어린다 (「遺言」). 나비는 자꼬 감기우기만 한다 (「慰勞」). 쫓기우는 사람처럼 가자 (「또 다른 故鄉」). 습한 肝을 펴서 말리우자 (「肝」).

자화상(自畵像)[1]

산모퉁이를 돌아 논가 외딴우물을 홀로 찾어가선[2]
가만히 들여다 봅니다.

우물속에는 달이 밝고 구름이 흐르고 하늘이 펄치고[3]
파아란 바람이 불고 가을이 있습니다.

그리고 한 사나이가 있습니다.
어쩐지 그 사나이가 미워저[4] 돌아갑니다.

돌아가다 생각하니 그 사나이가 가엾어집니다. 도로 가 들여다
보니 사나이는 그대로 있습니다.

다시 그 사나이가 미워저 돌아갑니다.
돌아가다 생각하니 그 사나이가 그리워집니다.

---

1) **자화상(自畵像)**: 자기가 그린 자신의 초상화
2) **찾어가선**: 찾아가선
3) **펄치고**: 펼치고.
   용례: 창공(蒼空)의 푸른 젖가슴을/ 어루만지려/ 팔을 펄처(펼쳐) 흔들거
   렸다(「창공」). 나무가지 우에 하늘이 펄처(펼쳐)있다(「少年」).
4) **미워저**: 미워져

우물속에는 달이 밝고 구름이 흐르고 하늘이 펼치고
파아란 바람이 불고 가을이 있고 추억[5]처럼 사나이가
있습니다.

(1939. 9.)

---

5) 추억: 지난 일을 돌이켜 생각함.
　용례: 별 하나에 추억과/ 별 하나에 사랑과/ 별 하나에 쓸쓸함과(「별 헤는
밤」)

소년(少年)

여기저기서 단풍잎 같은 슬픈가을이 뚝뚝 떨어진다. 단풍잎 떨어저[1] 나온 자리마다 봄을 마련해 놓고 나무가지 우에[2] 하늘이 펼처있다.[3] 가만이[4] 하늘을 들여다 보려면 눈섭에 파란 물감이 든다. 두 손으로 따뜻한 볼을 쓰서보면[5] 손바닥에도 파란 물감이 묻어난다. 다시 손바닥을 들여다 본다. 손금에는 맑은 강물이 흐르고, 맑은 강물이 흐르고, 강물속에는 사랑처럼 슬픈얼골—— 아름다운 순이의 얼골이 어린다. 소년은 황홀이[6] 눈을 감어[7] 본다. 그래도 맑은 강물은 흘러 사랑처럼 슬픈얼골[8]—— 아름다운 순이의 얼골은 어린다.

(1939.)

---

1) **떨어저**: 떨어져.
2) **나무가지 우에**: 나뭇가지 위에.
3) **펼처있다**: 펼쳐 있다.
 용례: 우물속에는 달이 밝고 구름이 흐르고 하늘이 펄치고(펼치고)(「自畫像」)
4) **가만이**: 가만히.
5) **쓰서보면**: 닦아보면. 훔쳐보면(물기나 때 따위가 묻은 것을 닦아 말끔하게 하면). 윤동주가 사용한 시어에서 '쓰서'는 옛말 '스ス다'(닦다, 훔치다)의 뜻으로 사용되고 있는 방언인 듯하다.
6) **황홀이**: 황홀히. '황홀'은 1)눈이 부실 만큼 찬란하고 화려함. 2)사물에 마음이 팔려 정신이 어지러움.
7) **감어**: 감아.
8) **얼골**: 얼굴.

눈 오는 지도(地圖)

　순이가 떠난다는 아츰[1]에 말못할 마음으로 함박눈이 나려, 슬픈 것 처럼 창밖에 아득히 깔린 지도우에[2] 덮인다.

　방안을 돌아다 보아야 아무도 없다. 벽과 천정[3]이 하얗다. 방안에까지 눈이 나리는 것일까, 정말 너는 잃어버린 역사처럼 홀홀이[4] 가는것이냐, 떠나기전에 일러둘말이 있든것을[5] 편지를 써서도 네가 가는 곳을 몰라 어느 거리, 어느 마을, 어느 지붕밑, 너는 내 마음속에만 남어[6] 있는 것이냐, 네 쪼고만[7] 발자욱을 눈이 작고 나려[8] 덮여 따라갈수도 없다. 눈이 녹으면 남은 발자욱 자리마다 꽃이 피리니 꽃사이로 발자욱을 찾어 나서면[9] 일년열두달 하냥[10] 내 마음에는 눈이 나리리라.[11]

(1941. 3. 12.)

---

1) **아츰**: 아침.
2) **지도(地圖)우에**: 지도 위에.
3) **천정(天井)**: 천장(天障)의 잘못. 여기서 우물 정(井)자를 쓴 것은 윤동주 특유의 시적 언어 감각이라 여겨진다.
4) **홀홀이**: 홀홀히―작은 날짐승 따위가 잇따라 날개를 치며 가볍게 나는 모습.
5) **있든 것을**: 있던 것을.
6) **남어**: 남아.
7) **쪼고만**: 조그만.
8) **눈이 작고 나려**: 눈이 자꾸 내려.
9) **찾어 나서면**: 찾아 나서면.
10) **하냥**: 늘. 언제나.
11) **눈이 나리리라**: 눈이 내리리라 . '나리다' 는 '내리다' 의 사투리.
　용례: 停車場 푸랫폼에/나렸을(내렸을) 때 아무도 없어(「看板없는 거리」). 이 많은 별빛이 나린(내린) 언덕우에/ 내 이름자를 써 보고, (「별 헤는 밤」).

돌아와 보는 밤

세상으로부터 돌아오듯이 이제 내 좁은 방에 돌아와 불을
끄옵니다. 불을 켜두는것은 너무나 피로롭은[1] 일이옵니다.
그것은 낮의 연장(延長)[2]이옵기에——

이제 창을 열어 공기를 바꾸어 들여야할텐데 밖을 가만이[3]
내다 보아야 방안과 같이 어두어 꼭 세상같은데 비를 맞고
오든 길이[4] 그대로 비속에 젖어 있사 옵니다.

하로[5]의 울분[6]을 씻을바 없어 가만히 눈을 감으면
마음속으로 흐르는 소리, 이제, 사상[7]이 능금[8]처럼
저절로 익어 가옵니다.

(1941. 6.)

---

1) **피로롭은**: 피로한. 접미사 '롭다' 는 받침 없는 명사나 어간 뒤에 붙어 '그
  러하다, 그럴만하다' 의 뜻으로 형용사를 만드는 말이다.
  예) 수고롭다, 향기롭다, 풍요롭다, 괴롭다, 까다롭다.
2) **연장(延長)**: 시간이나 거리 따위를 본래보다 길게 늘임.
3) **가만이**: 가만히. 2연 2행에서는 가만이로 표기되어 있지만 3연 1행에는
  가만히로 표기되어 미묘한 차이를 나타낸다.
4) **비를 맞고 오든 길이**: 비를 맞고 오던 길이.
5) **하로**: 하루.
6) **울분**: 답답하고 분함. 또는 그런 마음.
7) **사상(思想)**: 어떠한 사물에 대하여 가지고 있는 구체적인 사고나 생각.
8) **능금**: 능금나무의 열매. 사과와 비슷한 모양이지만 훨씬 작다.

병원(病院)

살구나무 그늘로 얼골[1]을 가리고 병원 뒷뜰에 누워,
젊은 여자가 흰옷 아래로 하얀 다리를 드려내 놓고[2]
일광욕[3]을 한다. 한나절이 기울도록 가슴을 앓는다는
이 여자를 찾어 오는 이[4], 나비 한 마리도 없다.
슬프지도 않은 살구나무가지에는 바람조차 없다.

나도 모를 아픔을 오래 참다 처음으로 이곳에 찾어왔다[5].
그러나 나의 늙은 의사는 젊은이의 병을 모른다.
나한테는 병이 없다고 한다. 이 지나친 시련[6],
이 지나친 피로[7], 나는 성내서는 안 된다.

여자는 자리에서 일어나 옷깃을 여미고 화단에서

---

1) **얼골**: 얼굴.
2) **드려내 놓고**: 드러내 놓고.
3) **일광욕(日光浴)**: 치료나 건강을 위하여 몸을 드러내고 햇빛을 쬐는 일.
4) **찾어 오는 이**: 찾아오는.
5) **찾어 왔다**: 찾아 왔다.
6) **시련(試鍊)**: 겪기 어려운 단련이나 고난. 예) ~을 극복하다/ 혼자서 ~을
   헤쳐 나가다.
7) **피로(疲勞)** : 과로로 정신이나 몸이 지친 상태. 지침.

금잔화[8] 한포기를 따 가슴에 꼽고[9] 병실안으로 살어진다[10].

나는 그 여자의 건강이— 아니 내 건강도 속히

회복[11]되기를 바라며 그가 누웠던 자리에 누워본다.

(1940. 12.)

---

8) 금잔화(金盞花) : 국화과의 한해살이 풀. 높이는 30~50cm이고, 잎은 어긋나며, 독특한 냄새가 난다. 여름부터 가을까지 가지와 줄기 끝에 노란색 두상화가 피는데, 밤에는 오므라든다. 관상용이고 남부 유럽이 원산지이다.

9) 가슴에 꼽고: 가슴에 꽂고.

10) 병실(病室)안으로 살어진다: 병실 안으로 사라진다.

11) 회복(回復): 이전 상태로 돌아가거나 본디의 상태를 되찾음.

새로운 길

내를 건너서 숲으로
고개를 넘어서 마을로

어제도 가고 오늘도 갈
나의 길 새로운 길

문들레[1]가 피고 까치가 날고
아가씨가 지나고 바람이 일고

나의 길은 언제나 새로운 길
오늘도…… 내일도……

내를 건너서 숲으로
고개를 넘어서 마을로

(1938. 5. 10.)

---

1) **문들레**: 민들레의 평북, 함남 등지의 방언.

간판(看板)[1]없는 거리

전거장[2] 푸랱폼[3]에
나렸을 때[4] 아무도 없어,

다들 손님들뿐,
손님같은 사람들뿐,

집집마다 간판이 없어
집 찾을 근심이 없어

빨갛게
파랗게
불 붙는 문자도 없이

---

1) **간판(看板)**: 기관, 상점, 영업소 따위에서 이름이나 판매 상품 및 업종 따위를 써서 사람들의 눈에 잘 띄게 걸거나 붙이는 표지(標識).
2) **정거장**: 버스나 열차가 정지하여 여객·화물을 싣고 내릴 수 있도록 정해진 곳.
3) **푸랱폼** : 플랫폼(platform). 역이나 정거장의 승강장.
4) **나렸을 때**: 내렸을 때.

모퉁이마다

자애[5]로운 헌 와사등[6]에

불을 혀놓고[7],

손목을 잡으면

다들, 어진사람들

다들, 어진사람들

봄, 여름, 가을, 겨울,

순서로 돌아들고.

(1941)

---

5) **자애**: 아랫사람에게 대한 도타운 사랑.

6) **와사등**: 가스등. 석탄 가스를 도관(導管)으로 통하여 불을 켜는 등. 1930
년대 경성(지금의 서울) 거리는 지금의 가로등과 달리 와사등으로 어둠을
밝혔다.

7) **혀놓고** : 혀다. 켜다의 평북 방언.

태초(太初)[1]의 아츰[2]

봄날 아츰도 아니고
여름, 가을, 겨울,
그런날 아츰도 아닌 아츰에

빨 — 간 꽃이 피어났네,
햇빛이 푸른데,

그 전날 밤에
그 전날 밤에
모든것이 마련되었네,

사랑은 뱀과 함께
독은 어린 꽃과 함께

---

1) 태초(太初): 하늘과 땅이 생겨난 맨 처음.
2) 아츰: 아침의 방언(강원, 경기, 경남, 전남, 평안, 함경).

또 태초(太初)의 아츰

하얗게 눈이 덮이었고
전신주[1]가 잉잉[2] 울어
하나님 말씀이 들려온다.

무슨 계시[3]일까.

빨리
봄이 오면
죄를 짓고
눈이 밝어

이브[4]가 해산[5]하는 수고를 다하면

---

1) **전신주(電信柱)**: 전봇대. 전선이나 통신선을 늘여 매기 위하여 세운 기둥.
2) **잉잉**: 세찬 바람이 가늘고 팽팽한 철사 줄이나 전깃줄 따위에 잇따라 부
   딪치는 소리.
3) **계시(啓示)**: 1)깨우쳐 보여 줌. 2)〈종교〉 사람의 지혜로서는 알 수 없는 진
   리를 신(神)이 가르쳐 알게 함.
4) **이브**: 성경에 나오는 아담과 이브. 이브(Eve)는 하와(Hawwah)의 영어
   이름이다. 이브는 하나님이 아담의 갈빗대 하나를 뽑아 만든 최초의 여자.
   뱀의 유혹으로 선악과를 따 먹어 남편 아담과 함께 에덴동산에서 추방당
   하였다.
5) **해산**: 아이를 낳음.

무화과[6] 잎사귀로 부끄런데[7]를 가리고

나는 이마에 땀을 흘려야겠다.

---

6) 무화과: 무화과나무의 열매. 달걀 모양으로 먹을 수 있다.
7) 부끄런데를: 부끄런 데를. ☞ 부끄런은 부끄러운의 준말.

새벽이 올때까지

다들 죽어가는 사람들에게
검은 옷을 입히시요.

다들 살어가는 사람들에게
흰 옷을 입히시요.

그리고 한 침대에
가즈런이[1] 잠을 재우시요.

다들 울거들랑
젖을 먹이시요.

이제 새벽이 오면
나팔소리 들려 올게외다.

(1941. 5)

---

1) 가즈런이 : 가지런히.

무서운 시간(時間)

거 나를 부르는것이 누구요.

가랑잎 잎파리 푸르러 나오는 그늘인데,
나, 아직 여기 호흡[1]이 남어 있소.[2]

한번도 손들어 보지못한 나를
손들어 표할 하늘도 없는 나를

어디에 내 한몸둘 하늘이 있어
나를 부르는 것이오.

일이 마치고 내 죽는 날 아츰[3]에는
서럽지도 않은 가랑잎이 떨어질텐데…

나를 부르지마오.

(1941. 2. 7)

---

1) 호흡(呼吸): 숨을 쉼. 또는 그 숨.
2) 남어 있소: 남아 있소.
3) 아츰: 아침.

십자가(十字架)

쫓아오든[1] 햇빛인데
지금 교회당[2] 꼭대기
십자가에 걸리였습니다[3].

첨탑[4]이 저렇게도 높은데
어떻게 올라갈수 있을가요[5].

종소리도 들려오지 않는데
휘파람[6]이나 불며 서성거리다가,

괴로왔든[7] 사나이.
행복한 예수 · 그리스도에게

---

1) 쫓아오든: 쫓아오던.
2) 교회당: 종교의 제례, 예배, 회합 등을 하는 건물. 교회.
3) 걸리였습니다: 걸리었습니다.
4) 첨탑: 지붕 꼭대기가 뾰족한 탑. 뾰족탑.
5) 있을가요: 있을까요.
6) 휘파람: 입술을 오므리고 혀끝으로 입김을 불어서 소리를 내는 일.
7) 괴로왔든: 괴로웠든.

처럼
십자가가 허락[8]된다면

목아지[9]를 드리우고
꽃처럼 피여나는[10] 피를
어두어가는[11] 하늘밑에
조용이 흘리겠습니다.

(1941. 5. 31.)

---

8) **허락**: 청하는 일을 들어줌. 승낙.
9) **목아지**: 모가지.
  용례: 헌 신짝이 지팡이 끝에/ 목아지를 매달아 늘어지고(「谷間」1936. 여름). 싸늘한 대리석 기둥에 목아지를 비틀어 맨 寒暖計(「한란계」1937.7.1).
10) **피여나는**: 피어나는.
11) **어두어가는**: 어두워가는.

바람이 불어

바람이 어디로부터 불어와
어디로 불려가는 것일까,

바람이 부는데
내 괴로움에는 이유[1]가 없다.

내 괴로움에는 이유가 없을까.

단 한여자를 사랑한 일도 없다.
시대를 슬퍼한 일도 없다.

바람이 자꼬[2] 부는데
내발이 반석[3]우에[4] 섰다.

강물이 자꼬 흐르는데
내발이 언덕우에 섰다.

(1941. 6. 2)

---

1) **이유**: 1) 어떠한 결론이나 결과에 이른 까닭이나 근거. 2) 구실이나 변명.
2) **자꼬**: 자꾸.
3) **반석**: 넓고 평평한 큰 돌.
4) **우에**: 위에. **용례**: 반석우에: 반석 위에, 언덕우에: 언덕위에

슬픈 족속(族屬)[1]

흰 수건이 검은 머리를 두르고
흰 고무신이 거츤[2]발에 걸리우다[3].

흰 저고리 치마가 슬픈 몸집을 가리고
흰 띄[4]가 가는 허리를 질끈[5] 동이다[6].

(1933. 9)

---

1) 족속(族屬): 1)같은 문중이나 계통에 속하는 겨레붙이. 2)같은 패거리에 속
   하는 사람들을 낮잡아 이르는 말. 3)[북한어]같은 부류에 속하는 물건을
   낮잡아 이르는 말.
2) 거츤: 거츨다. 거칠다의 옛말.
   용례: 여희요매 늘구믈 슬노니 ᄠᅵ 나날 거츠레라 「두시-초, 23:20」/눈
   섭 거츨오 머리셰오 住著ᄠ ᄆᅀᅮ미 업도다. 「두시-초 16:33」/이 方온 淤
   膿을 거츤 드르헤누이며 「월석 18:39」
3) 걸리우다: 걸리다.
4) 띄: 띠. 띠는 허리를 둘러매는 끈.
5) 질끈: 단단히 졸라매거나 동이는 모양.
6) 동이다: 끈·실 등으로 감거나 둘러서 묶다.

눈감고 간다

태양을 사모[1]하는 아이들아
별을 사랑하는 아이들아

밤이 어두었는데[2]
눈감고 가거라.

가진바 씨앗을
뿌리면서 가거라.

발뿌리[3]에 돌이 채이거든
감었든[4] 눈을 와짝[5]떠라.

(1941. 5. 31)

---

1) **사모**: 1)애틋하게 생각하고 그리워함 2)우러러 받들고 마음속 깊이 따름.
2) **어두었는데**: 어두웠는데.
3) **발뿌리**: 발부리(발끝의 뾰족한 부분), 발끝.
4) **감었던** : 감았던.
5) **와짝**: 1)갑자기 많이씩 늘어나거나 줄어드는 모양.2)기운이나 기세가 갑
   자기 커지는 모양. 3)여럿이 달라붙어 일 따위를 단숨에 해치우는 모양.
   여기에서는 '눈을 크게 뜨라' 는 뜻으로 여겨진다.

또 다른 고향(故鄕)

고향[1]에 돌아온날 밤에
내 백골[2]이 따라와 한방에 누웠다.

어둔 방은 우주로 통하고
하늘에선가 소리처럼 바람이 불어온다.

어둠속에 곱게 풍화작용[3]하는
백골을 들여다 보며
눈물 짓는것이 내가 우는것이냐
백골이 우는것이냐
아름다운 혼[4]이 우는것이냐

지조[5] 높은 개는

---

1) 고향(故鄕): 1)자기가 태어나서 자란 곳. 2)조상 대대로 살아온 곳. 3)마음
   속에 깊이 간직한 그립고 정든 곳.
2) 백골: 죽은 사람의 몸이 썩고 남은 흰 뼈.
3) 풍화작용: 지표의 암석이 공기, 물 등의 작용으로 차차 부서져 흙으로 변
   하는 과정 또는 그러한 작용. 시어는 일반적으로 사용되지 않는 용어이다.
4) 혼: 넋. 얼. 정신. 영혼.
5) 지조: 옳은 원칙과 신념을 지켜 끝까지 굽히지 않는 꿋꿋한 의지나 그러한
   기개.

밤을 새워 어둠을 짖는다.

어둠을 짖는 개는
나를 쫓는 것일게다.

가자 가자
쫓기우는 사람처럼 가자
백골몰래
아름다운 또 다른 고향에 가자.

(1941. 9)

길

잃어 버렸습니다[1].
무얼 어디다 잃었는지 몰라
두손이 주머니를 더듬어
길에 나아갑니다.

돌과 돌과 돌이 끝없이 연달어[2]
길은 돌담을 끼고 갑니다.

담은 쇠문을 굳게 닫어
길우에[3] 긴 그림자를 드리우고

길은 아츰[4]에서 저녁으로
저녁에서 아츰으로 통했습니다.

---

1) 잃어 버렸읍니다: 잃어버렸습니다.
2) 연달어: 연달아. 잇따르다.
3) 길우에: 길 위에.
4) 아츰: 아침.
　용례: 봄날 아츰도 아니고/ 여름, 가을, 겨울,/ 그런날 아츰도 아닌 아츰에
(「太初의 아츰」). 時代처럼 올 아츰을 기다리는 最後의나(「쉽게 씨워진
詩」). 順伊가 떠난다는 아츰에 말못할 마음으로 함박눈이/ 나려(「눈 오는

돌담을 더듬어 눈물 짓다
처다보면[5] 하늘은 부끄럽게 푸릅니다.

풀 한포기 없는 이 길을 걷는것은
담 저쪽에 내가 남어 있는 까닭이고,

내가 사는것은 다만,
잃은것을 찾는 까닭입니다.

(1941. 9. 31.)

地圖」). 쉬이 아츰이 오는 까닭이오(「별 헤는 밤」). 일이 마치고 내 죽는
날 아츰에는(「무서운 時間」). 봄이 오든 아츰, 서울 어느 쪼그만 停車場에
서 (「사랑스런 追憶」).
5) 처다보면: 쳐다보면.
6) 남어 있는: 남아 있는.

별 헤는 밤

계절이 지나가는 하늘에는
가을로 가득 차있습니다[1].

나는 아무 걱정도 없이
가을 속의 별들을 다 헤일듯합니다.

가슴속에 하나 둘 새겨지는 별을
이제 다 못헤는것은
쉬이 아츰[2]이 오는 까닭이오,
내일 밤이 남은 까닭이오,
아직 나의 청춘[3]이 다하지 않은 까닭입니다.

별 하나에 추억[4]과
별 하나에 사랑과
별 하나에 쓸쓸함과

---

1) **차 있읍니다**: 차 있습니다.
2) **아츰**: 아침의 방언.
3) **청춘**: 새싹이 파랗게 돋아나는 봄철이라는 뜻으로, 십 대 후반에서 이십 대
   에 걸치는 인생의 젊은 나이 또는 그런 시절을 이르는 말.
4) **추억**: 지나간 일을 돌이켜 생각함.

별 하나에 동경[5]과
별 하나에 시와
별 하나에 어머니, 어머니,

어머님, 나는 별 하나에 아름다운 말 한마디씩 불러봅니다.
소학교 때 책상을 같이 했던 아이들의 이름과 패(佩), 경(鏡),
옥(玉) 이런 이국소녀[6]들의 이름과 벌써 애기 어머니 된
계집애들의 이름과, 가난한 이웃사람들의 이름과, 비둘기,
강아지, 토끼, 노새, 노루, "푸랑시스 짬"[7],
"라이넬 · 마리아 · 릴케"[8] 이런 시인의 이름을 불러봅니다.

---

5) 동경: 어떤 것을 간절히 그리워하여 그것만을 생각함.
6) 이국소녀: 인정, 풍속 따위가 전혀 다른 남의 나라(외국, 타국)의 소녀.
7) 푸랑시스 짬: 프랑시스 잠 (Francis Jammes, 1868.12.2~1938.11.1)은
  벨기에 투르네 출생하여 프랑스 상징주의시의 후기를 장식한 신고전파 시
  인이다. A. 지드와의 함께 한 북아프리카 알제리 여행과 약간의 파리 생활
  을 제외하고는 일생의 거의 전부를 자연 속에 파묻혀 살았으며 자연의 풍
  물을 종교적 애정을 가지고 노래했다.
8) 라이넬 · 마리아 · 릴케: 릴케 (Rainer Maria Rilke, 1875.12.4~ 1926.
  12.29)는 독일 보헤미아 태생의 시인으로 인상주의와 신비주의를 혼합하
  여 인간 존재의 의미를 추구하여 독자적 경지를 개척한 20세기 전반의 대
  표적인 시인이다.『형상시집(形象詩集)』(1902), 『기도시집(祈禱詩集)』
  (1905), 『신시집(新詩集)』(1907), 『신시집 별권』(1908) 등의 시집과 자전적
  체험의 기록인『말테의 수기(手記)』(1910)가 있다. 1910년 이후 필생의 대
  작『두이노의 비가(悲歌)』(1922)와『오르페우스에게 부치는 소네트』(1922)
  는 인간 존재의 긍정을 희구하는 예술정신의 고투를 보여 주고 있다.

이네들은 너무나 멀리 있습니다.
별이 아슬이 멀듯이,

어머님,
그리고 당신은 멀리 북간도[9]에 계십니다.

나는 무엇인지 그리워
이 많은 별빛이 나린 언덕우에[10]
내 이름자를 써보고,
흙으로 덮어 버리었습니다.

따는[11] 밤을 새워 우는 버레[12]는

---

9) **북간도**: 두만강과 마주한 간도 지방의 동부. 전형적인 대륙성 기후로, 경
 작지는 적고 임업이 활발하며 광물 자원이 많다. 간도는 두만강 이북 지방
 의 만주 가운데 특히 조선족이 많이 사는 지역을 일컫는 지명이다.
10) **별빛이 나린 언덕우에**: 별빛이 내린 언덕 위에.
 '나린'의 용례: 順伊가 떠난다는 아츰에 말못할 마음으로 함박눈이 나려
 (「눈 오는 地圖」). 一年 열두달 하냥 내 마음에는 눈이 나리리라(「눈 오는
 地圖」). 停車場 푸픔에 나렸을때 아무도 없어(「看板없는 거리」).

부끄러운 이름을 슬퍼하는 까닭입니다.

그러나 겨울이 지나고 나의 별에도 봄이 오면

무덤 우에[13] 파란 잔디가 피어나듯이

내 이름자 묻힌 언덕우에도

자랑처럼 풀이 무성할게외다.

(1941. 11. 5)

---

11) **따는**: 딴은(남의 행위나 말을 긍정하여 그럴 듯도 하다는 뜻을 나타내는 말)의 시적표현인 듯함.

12) **버레**: 벌레의 방언(경상, 전남, 충청).

13) **무덤 우에**: 무덤 위에.

흰 그림자

흰 그림자

황혼[1]이 짙어지는 길모금[2]에서
하로종일[3] 시들은 귀를 가만이[4] 기울이면
땅검외[5] 옮겨지는 발자취소리[6],

발자취소리를 들을수 있도록
나는 총명[7]했든가요.

이제 어리석게도 모든것을 깨달은 다음
오래 마음 깊은 속에
괴로워하든[8] 수많은 나를

---

1) **황혼**: 1)해가 지고 어스름해질 때. 또는 그때의 어스름한 빛. 2)사람의 생애나 나라의 운명 따위가 한창인 고비를 지나 쇠퇴하여 종말에 이른 상태를 비유적으로 이르는 말.
2) **길모금**: 길목.
3) **하로종일**: 하루 종일.
4) **가만이**: 가만히.
5) **땅검외**: 땅거미(해가 진 뒤 어스레한 상태).
6) **발자취소리**: 발자취 소리. 발자취는 흔적을 나타내는 말인 까닭에 발자취소리는 발자국이 울리고 간 들리는 여운으로 해석된다.
7) **총명**: 1)보거나 들은 것을 오래 기억하는 힘이 있음. 2)썩 영리하고 재주가 있음.
8) **괴로워하든**: 괴로워하던.

하나, 둘 제고장으로 돌려 보내면
거리 모퉁이[9] 어둠 속으로
소리 없이 사라지는 흰 그림자,

흰 그림자들
연연히[10] 사랑하든[11] 흰 그림자들,

내 모든것을 돌려 보낸 뒤
허전히 뒷골목을 돌아
황혼처럼 물드는 내방으로 돌아오면

신념[12]이 깊은 으젓한[13] 양처럼
하로종일 시름없이 풀포기나 뜯자.

(1942. 4. 14)

---

9) **모퉁이**: 모퉁이.
10) **연연히**: 형용사) 연연하다 1)빛이 엷고 산뜻하며 곱다. 2)아름답고 어여쁘다.
11) **사랑하든**: 사랑하던.
12) **신념**: 굳게 믿는 마음.
13) **으젓한**: 의젓한.

사랑스런 추억(追憶)

봄이 오든 아츰[1], 서울 어느 쪼그만[2] 정거장[3]에서 희망과
사랑처럼 기차를 기다려,

나는 푸랱폼[4]에 간신한[5] 그림자를 터러트리고[6],
담배를 피웠다.

내 그림자는 담배연기 그림자를 날리고,
비둘기 한떼가 부끄러울것도 없이
나래[7]속을 속 속 햇빛[8]에 비춰 날었다[9].

기차는 아무 새로운 소식도 없이

---

1) 봄이 오든 아츰: 봄이 오던 아침.
2) 쪼그만: 조그만.
3) 정거장: '버스나 열차가 정지하여 여객, 화물을 싣고 내릴 수 있도록 정해
   진 곳.
4) 푸랱폼: 플랫폼(platform). 역이나 정거장의 승강장.
5) 간신한: '간신(艱辛)하다' 의 의미인 '힘겹고 고생스럽다' 의 시적 표현인
   듯함.
6) 터러트리고: 떨어뜨리고.
7) 나래: 명사로 날개. '나래' 는 '날개' 의 사투리로 다루나 시어로 많이 사용
   된다.
8) 햇빛: 햇빛. 윤동주 특유의 시어라고 할 수 있는데 햇빛보다는 밝고 환한
   느낌을 준다.
9) 날었다: 날았다.

나를 멀리 실어다 주어,

봄은 다 가고— 동경교외(東京郊外)[10] 어느 조용한 하숙방[11]에서,
옛거리에 남은 나를 희망과 사랑처럼 그리워한다.

오늘도 기차는 몇번이나 무의미[12]하게 지나가고,
오늘도 나는 누구를 기다려 정거장 가차운[13] 언덕에서
서성거릴게다[14].

— 아아 젊음은 오래 거기 남어[15] 있거라.

(1942. 5. 13)

---

10) 동경교외(東京郊外): 도쿄 주변지역.
11) 하숙방: 남의 집에 머물면서 일정한 방세와 식비를 내고 숙식을 하는 방.
   고향을 떠나 타지에서 여러 해 공부한 윤동주는 그 기간 대부분 하숙생활
   을 했다.
12) 무의미: 1)아무 뜻이 없음. 2)아무 값어치나 의의가 없음.
13) 가차운: 가까운 (형용사) 가찹다는 '가깝다'의 방언(강원, 경상, 전라, 제
   주, 충청, 평안).
14) 서성거릴게다: 서성거리다 (한 곳에 서 있지 않고 자꾸 주위를 왔다 갔다
   하다.
   용례: 종소리도 들려오지 않는데/ 휫파람이나 불며 서성거리다가(「십자
   가」)
15) 남어: 남아

흐르는 거리

　으스럼이[1] 안개가 흐른다. 거리가 흘러간다. 저 전차, 자동차,
모든 바퀴가 어디로 흘리워[2] 가는것일까? 정박[3]할 아무 항구[4]도
없이, 가련한[5] 많은 사람들을 실고서[6], 안개 속에 잠긴 거리는,

　거리 모퉁이[7] 붉은 포스트 상자[8]를 붙잡고, 섰을라면 모든것이
흐르는 속에 어렴풋이 빛나는 가로등[9], 꺼지지 않는것은 무슨 상
징일까? 사랑하는 동무 朴이여! 그리고 金이여! 자네들은 지금 어
디 있는가? 끝없이 안개가 흐르는데,
　"새로운날 아츰[10] 우리 다시 정답게 손목을 잡어[11] 보세" 몇자

---

1) 으스럼이: 으스름히 부사. 좀 흐릿하거나 어둑하다. 으스름하다.
2) 흘리워: 흘리어가 바른 표기로 흘러가 됨.
3) 정박(碇泊): 배가 닻을 내리고 머무름.
4) 항구(港口): 배가 안전하게 드나들도록 바닷가에 부두 따위를 설비한 곳.
　　보통 기능에 따라 상항, 군항, 어항, 공업항. 위치에 따라 해항, 연안항,
　　호항. 법제상으로 개항, 자유항, 중계항 등으로 나눈다.
5) 가련한: 가엾고 불쌍한
6) 실고서: 싣고서
7) 모퉁이: 모퉁이 1)구부러지거나 꺾어져 돌아간 자리. 2)변두리나 구석진 곳.
8) 붉은 포스트 상자: 우체통.
9) 가로등(街路燈): 거리의 조명이나 교통의 안전, 또는 미관(美觀)따위를 위
　　하여 길가를 따라 설치해 놓은 등.
10) 아츰: 아침.
11) 손목을 잡어: 손목을 잡아.

적어 포스트 속에 떨어트리고, 밤을 새워 기다리면 금휘장(金徽
章)[12]에 금단추를 삐었고[13] 거인처럼 찬란히 나타나는 배달부. 아
츰과 함께 즐거운 내림(來臨)[14], 이 밤을 하염없이 안개가 흐른다.

---

12) 금휘장(金徽章): 徽章(휘장)은 신분이나 직무, 명예 따위를 나타내기 위하
여 옷이나 모자 따위에 붙이는 표를 말한다. 금휘장은 금으로 만든 휘장
(금배지)을 의미함.

13) 삐었고: 삐었고 ->삐다. '삐다'는 옛말 '비쩨다'(꾸미다, 장식하다)가 경음
화된 방언으로 생각된다. 그렇다면 "금배지 금단추를 달고 巨人처럼 찬란히
나타나는 우체부"로 보는 것이 자연스럽다. 윤동주가 정지용의 시에서 이
시어를 보았을 것으로 짐작되지만 그 의미는 윤동주의 경우와 조금 다르다.
정지용의 유사 용례: 금단초 다섯개를 삐우고가쟈, 파아란 바다 우에"(「船
醉1」). "불빛은 송화ㅅ가루 삐운듯 무리를 둘러 쓰고 (「뗏나무 열매」). 최
동호, 『정지용 사전』(고려대학출판부, 2003), 163쪽 참조.

14) 내림(來臨): 남이 자기 있는 곳으로 찾아옴. 왕림.

쉽게 씨워진[1] 시(詩)

창밖에 밤비가 속살거려[2]
육조방[3]은 남의 나라,

시인이란 슬픈 천명[4]인줄 알면서도
한줄 시를 적어볼까,

땀내와 사랑내 포그니[5] 품긴
보내주신 학비봉투[6]를 받어

대학노 — 트를 끼고

---

1) **씨워진**: 씌어진.
2) **속살거려**: '속살거리다'는 남이 알아듣지 못하도록 작은 목소리로 자꾸 이
   야기하다.
3) **'육조방**: 일본식 방의 크기를 나타내는 명칭으로 다다미 6장 넓이의 방.
   다다미는 마룻방에 까는 일본식 돗자리이며 그 크기는 지방에 따라 조금
   씩 다르지만, 일반적으로 $180 \times 90cm$이다. 일본에서는 현재도 방의 크기
   를 다다미의 장수로 나타내는 경우가 많다.
4) **천명**: 하늘의 명령.
5) **포그니**: 포근히. '포근하다 [형용사]'는 1)도톰한 물건이나 자리 따위가
   보드랍고 따뜻하다. 2)감정이나 분위기 따위가 보드랍고 따뜻하여 편안한
   느낌이 있다. 3)겨울 날씨가 바람이 없고 따뜻하다.
6) **학비봉투**: 예전에는 학비를 직접 봉투에 넣어 부치기도 했음.

늙은 교수의 강의[7] 들으려 간다.

생각해 보면 어린 때 동무를
하나, 둘, 죄다[8] 잃어 버리고

나는 무얼 바라
나는 다만, 홀로 침전[9]하는 것일까?

인생은 살기 어렵다는데
시가 이렇게 쉽게 씨워지는것은[10]
부끄러운 일이다.

육조방은 남의 나라

---

7) **늙은 교수의 강의**: 늙은 교수의 강의는 현실과 거리가 먼 낡은 지식을 의미한다. 늙은 교수는 일본인 교수를 지칭하는 것으로 볼 수 있다. 이 시가 씌어진 1942년에 윤동주가 일본 도쿄 릿쿄 대학(立敎大學) 영문과에 입학하여 수학했기 때문이다. 참고로 1942년 10월 1일, 윤동주는 정지용이 졸업한 교토 도지샤(同志社)대학 영문과로 편입하였다.
8) **죄다**: 부사 남김없이 모조리.
9) **침전**: 액체 속에 있는 물질이 밑바닥에 가라앉는 동작을 나타내거나 그 물질을 지칭한다.
10) **씨워지는것은**: 씌어지는 것은.

창밖에 밤비가 속살거리는데,

등불을 밝혀 어둠을 조곰[11] 내몰고,
시대처럼 올 아츰[12]을 기다리는 최후[13]의 나,

나는 나에게 적은 손을 내밀어
눈물과 위안[14]으로 잡는 최초[15]의 악수.

(1942. 6. 3)

---

11) **조곰**: 조금.
12) **아츰**: 아침의 방언.
13) **최후**: 1)맨 마지막. 2)삶의 마지막 순간.
14) **위안**: 위로하여 마음을 편하게 함. 또는 그렇게 하여 주는 대상.
15) **최초**: 맨 처음.

봄

봄이 혈관[1]속에 시내처럼 흘러

돌, 돌, 시내 가차운[2] 언덕에

개나리, 진달래, 노오란 배추꽃,

삼동[3]을 참어온 나는

풀포기처럼 피어난다.

즐거운 종달새야

어느 이랑[4]에서나 즐거웁게 솟쳐라[5].

푸르른 하늘은

아른아른 높기도한데…

---

1) **혈관**: 혈액이 흐르는 관(管). 동맥, 정맥, 모세 혈관으로 나눈다. 핏줄. 혈맥.
2) **가차운**: 가까운 (형용사). 가찹다는 '가깝다'의 방언(강원, 경상, 전라, 제주, 충청, 평안)
3) **삼동**: 1)겨울의 석 달. 2)세 해의 겨울.
4) **이랑**: 1)갈아 놓은 밭의 한 두둑과 한 고랑을 아울러 이르는 말. 2)[수량을 나타내는 말 뒤에 쓰여] 한 두둑과 한 고랑을 하나로 묶어 세는 단위.
5) **솟쳐라**: 솟치다. 1)느낌 따위가 세차게 일어나다. 2)…을 위로 높게 올리다.

밤

밤

오양간[1] 당나귀
아 — ㅇ 앙 외마디 울음울고,

당나귀 소리에
으 — 아 아 애기 소스라쳐깨고,

등잔[2]에 불을 다오[3].

아버지는 당나귀에게
짚을 한키[4] 담아주고,

어머니는 애기에게
젖을 한목음[5] 먹이고,

밤은 다시 고요히 잠드오.   (1937. 3.)

---

1) **오양간**: 외양간의 방언(강원, 경기, 전남, 충청, 평북, 함경). '오양깐' 이
   바른 표기이며 말이나 소 등을 기르는 곳.
2) **등잔**: 기름을 담아 등불을 켜는 데에 쓰는 작은 그릇.
3) **다오**: 달다가 원형. 물건을 일정한 곳에 붙이다의 뜻으로 '불을 붙이다'
4) **키**: 곡식 따위를 까불러 쭉정이나 티끌을 골라내는 도구. 고리버들이나 대
   를 납작하게 쪼개어 앞은 넓고 평평하게, 뒤는 좁고 우긋하게 엮어 만든다.
5) **한목음**: 한 모금, 물 술 따위가 입 안에 한 번 머금는 분량.

유 언(遺言)

후어— ㄴ한 방에
유언[1]은 소리없는 입놀림[2].

—— 바다에 진주(眞珠)캐려[3] 갔다는 아들
해녀[4]와 사랑을 속사긴다[5]는 맏아들[6],
이밤에사 돌아오나 내다봐라 ——

평생 외롭든[7] 아버지의 운명[8]
감기우는 눈에 슬픔이 어린다.

외딴집[9]에 개가 짖고
휘양찬[10] 달이 문살에 흐르는 밤.   (1937.10.24)

---

1) 유언(遺言): 죽음에 이르러 말을 남김. 임종 때 부탁하는 말.
2) 입놀림: 입의 움직임을 이르는 말.
3) 진주(眞珠)캐려: 진주 캐러.
4) 해녀: 바다 속에 들어가 해삼, 전복, 미역 따위를 따는 것을 직업으로 하
   는 여자.
5) 속사긴다: 속삭이다 ☞ 나지막한 목소리로 가만가만 이야기하다.
6) 맏아들: 큰아들.
7) 외롭든: 외롭던. '외롭다'는 홀로 되거나 의지할 곳이 없어 쓸쓸하다.
8) 운명: 사람의 목숨이 끊어짐. 명을 다함.
9) 외딴집: 홀로 따로 떨어져 있는 집.
10) 휘양찬: 휘영청. 달빛 따위가 몹시 밝은 모양.

아우의 인상화(印像畵)[1]

붉은 이마에 싸늘한 달이 서리어[2]
아우의 얼굴은 슬픈 그림이다.

발거리[3] 멈추어
살그머니 애딘[4] 손을 잡으며
"너는 자라 무엇이 되려니"
"사람이 되지"
아우의 설흔[5] 진정코 설흔 대답이다.

슬며—시 잡었든[6] 손을 놓고
아우의 얼골[7]을 다시 들여다 본다.

싸늘한 달이 붉은 이마에 젖어
아우의 얼골은 슬픈 그림이다.　　　　　　　(1938. 9.15)

---

1) 제목「아우의 印像畵」는「아우의 印象畵」로 표기되어야 한다.
2) 서리어: 어떤 기운이 어려서 나타나다.
3) 발거리: 발걸음.
4) 애딘: 앳된. 앳되다[형용사]는 애티가 있어 어려 보이다.
5) 설흔: 설운(서러운)의 사투리, 섧다[형용사]는 서럽다.
6) 잡었든: 잡았던.
7) 얼골: 얼굴

위로(慰勞)

거미란놈이 흉한 심보[1]로 병원뒷뜰[2] 난간과 꽃밭사이 사람발이
잘 닿지 않는 곳에 그물을 쳐 놓았다. 옥외요양(屋外療養)[3]을 받
는 젊은 사나이가 누워서 치어다 보기[4] 바르게 ――

나비가 한마리 꽃밭에 날어 들다[5] 그물에[6] 걸리었다. 노 ― 란
날개를 파득거려도 파득거려도 나비는 자꼬[7] 감기우기만 한다.
거미가 쏜살같이 가더니 끝없는 끝없는 실을 뽑아 나비의 온몸
을 감어버린다[8]. 사나이는 긴 한숨을 쉬었다.

나이보담 무수한 고생끝에 때를 잃고 병을 얻은 이 사나이를 위

---

1) 심보: 마음보. 여기서 뒤에 붙은 '보'는 어떤 말 뒤에 붙어 그것을 즐기거
   나 그 정도가 심한 사람임을 나타내는 말.
2) 뒤뜰: 집채 뒤에 있는 뜰 뒷마당.
3) 옥외요양(屋外療養): 집 또는 건물 밖에서 편안히 쉬면서 심신을 보양하는
   일. 물 좋고 공기 좋은 곳에서 몸과 마음을 편안하게 히여 건강을 잘 돌보는
   일.
4) 치어다 보기: 쳐다보기.
5) 날어 들다: 날아들다.
6) 그물에: 여기서는 거미줄.
7) 자꼬: 자꾸.
8) 감어버린다: 감아버린다.

로[9] 할말이—— 거미줄을 헝클어[10] 버리는 것 밖에 위로의 말이
없었다.

(1940. 12. 3)

---

9) 위로: 따뜻한 말이나 행동으로 괴로움을 덜어 주거나 슬픔을 달래 줌.
10) 헝클어: 실이나 줄 따위가 몹시 얽히어 풀리지 않게 하다.

간(肝)

바닷가 햇빛 바른 바위우에[1]
습한 간을 펴서 말리우자[2].

코카사쓰 산중(山中)[3]에서 도망해 온 토끼처럼
둘러리[4]를 빙빙 돌며 간을 지키자,

내가 오래 기르든[5] 여윈 독수리야!
와서 뜯어먹어라, 시름없이

너는 살지고[6]
나는 여위어야지, 그러나,

---

1) 바위우에: 바위 위에.
2) 말리우자: 말리자. 보조어간 '우'가 들어 간 예 1)나비는 자꼬 감기우기만
　　한다(「慰勞」). 2)감기우는 눈에 슬픔이 어린다(「遺言」). 3)쫓기우는 사람처
　　럼 가자(「또 다른 故鄕」). 4)흰 고무신이 거츤발에 걸리우다(「슬픈족속」)
3) 코카사쓰 산중(山中): 코카서스 산중. 코카서스는 '카프카스' [Kavkaz]의
　　영어 이름. 러시아 남부, 카스피해(海)와 흑해(黑海) 사이에 있는 · 지역으
　　로 아시아와 유럽을 경계지우는 지역이다.
4) 둘러리: 둘레.
5) 기르든: 기르던.
6) 살지고: 몸에 살이 찌다.
7) 용궁: 전설에서 바다 속에 있다고 하는 용왕의 궁전.

거북이야!

다시는 용궁[7]의 유혹[8]에 안떨어진다.

푸로메디어쓰[9] 불상한[10] 푸로메디어쓰

불 도적한[11] 죄로 목에 맷돌[12]을 달고

끝없이 침전[13]하는 푸로메디어쓰.

(1941. 11. 29)

---

8) **유혹**: 꾀어서 정신을 혼미하게 하거나 좋지 아니한 길로 이끎.

9) **푸로메디어쓰**: 프로메테우스. 프로메테우스(Prometheus)는 그리스 신화
   에 나오는 티탄 족의 영웅. 인간에게 불을 훔쳐다 주어 인간에게는 문화발
   전의 계기를 만들어 준 은인이 되었으나, 그로 인하여 제우스의 노여움을
   사 코카서스(Kavkaz)의 바위에 묶여 독수리에게 간을 쪼이는 고통을 받았
   다고 한다.

10) **불상한**: 불쌍한.

11) **도적한**: 도적질한.

12) **맷돌**: 곡식을 가는 데 쓰는 기구. 둥글고 넓적한 돌 두 개를 포개어 윗돌에
   는 아가리가 있어 갈 곡식을 넣어 윗돌을 손잡이를 잡고 돌려서 갈게 됨.

13) **침전**: 액체 속에 있는 물질이 밑바닥에 가라앉음. 또는 그 물질.

산골물

괴로운 사람아 괴로운 사람아

옷자락 물결 속에서도

가슴속 깊이 돌돌[1] 샘물이 흘러

이 밤을 더부러[2] 말할이 없도다.

거리의 소음[3]과 노래 부를수 없도다.

그신듯이[4] 냇가에 앉었으니

사랑과 일을 거리에 맥기고[5]

가마니 가마니[6]

바다로 가자,

바다로 가자.

---

1) 돌돌: 많지 않은 도랑물이나 시냇물이 좁은 목으로 부딪쳐 흐르는 소리.
2) 더부러: 더불어. 함께, 같이, 한가지로.
3) 소음: 불규칙하게 뒤섞여 불쾌하고 시끄러운 소리.
4) 그신듯이: 그시다- 옛말 '�ㅿ이다'(끌리다)의 방언인 듯함.
5) 맥기고: 맡기고.
6) 가마니 가마니: 가만히 가만히.

참회록(懺悔錄)[1]

파란 녹이 낀 구리거울 속에
내 얼골[2]이 남어있는것은[3]
어느 왕조[4]의 유물[5]이기에
이다지도[6] 욕될까

나는 나의 참회[7]의 글을 한줄에 줄이자.
—— 만이십사년 일개월을
　　　무슨 기쁨을 바라 살아왔는가[8]

내일이나 모레나 그 어느 즐거운 날에
나는 또 한줄의 참회록을 써야한다.
—— 그때 그 젊은 나이에

---

1) 참회록(懺悔錄): 지나간 잘못을 참회하는 내용을 적은 기록.
2) 얼골: 얼굴.
3) 남어있는것은: 남아있는 것은.
4) 왕조: 1)왕이 직접 다스리는 조정 2)같은 왕가에 속하는 통치자의 계열.
5) 유물: 1)죽은 사람이 남긴 물건. 유품. 2)유적에서 출토 발견된 물건. 3)이
　　전 시대가 남겨 놓은 잔재나 습관.
6) 이다지도: 부사로 이다지의 강조어. 이렇게까지, 이러한 정도로.
7) 참회: 자기의 잘못에 대하여 깨닫고 깊이 뉘우침.
8) 살아왔는가: 살아왔던가.

웨[9] 그런 부끄런 고백[10]을 했든가[11]

밤이면 밤마다 나의 거울을
손바닥으로 발바닥으로 닦어보자[12]

그러면 어느 운석[13]밑으로 홀로 걸어가는
슬픈 사람의 뒷모양이
거울 속에 나타나 온다.

(1924)

---

9) 웨: 왜.

10) 고백: 마음속에 생각하고 있는 것이나 감추어 둔 것을 사실대로 숨김없이
   말함.

11) 했든가: 했던가.

12) 닦어보자: 닦아보자.

13) 운석: 지구상에 떨어진 별똥. 대기 중에 진입한 유성(流星)이 다 타버리지
   않고 땅에 떨어진 것으로, 철·니켈 합금과 규산염 광물이 주성분이다.

창밖에 있거든 두다리라

-동주(東柱) 몽규(夢奎) 두영(靈)을 부른다 -

유 영(柳 玲)

동주야 몽규[1]야

너와 즐겨 외우고

너와 즐겨 울던

삼불(三不)[2]이도 병욱(炳昱)[3]이도

그리고 처중(處重)[4]이도……

아니 네노래 한구절 흉내에도 땀빼던 영(玲)이도 여기 와 있다.

차디찬 하숙방에

한술밥을 노느며

시와 조선과 인민을 말하던

시와 조선과 인민과 죽엄을 같이하려던

네 벗들이

여기 와 기다린지 오래다.

창 밖에 있거든 두다려라

---

1) **몽규(夢奎)**: 송몽규(宋夢奎,1917~1945)를 말함. 윤동주의 사촌이며 후쿠오카 함께 감옥에서 옥사했다.

2) **삼불(三不)**: 윤동주 친구이며 국문학자인 김삼불(金三不).

3) **병욱(炳昱)**: 연희전문 동기이며 윤동주 친필 원고를 보관했던 국문학자 정병욱(鄭炳昱,1922~1982).

4) **처중(處重)**: 강처중(姜處重)을 말함. 윤동주의 친구였으며 광복 후 경향신문 신문기자로 재직 중 윤동주의 작품을 발굴하는데 크게 기여했다.

동주야 몽규야

너를 쫓아 바람곧이 만주(滿洲)에 낳게하고

너로 하여금 그늘 밑에, 숨어 시를 쓰게 하고

너를 잡어 이역 옥창(獄窓)에 눕게한

너와 나와 이를 갈던 악마 또한 물러가

게다소리 하까마 칼자루에 빠가고라 소리마저 사라졌다.

너와 함께 즐겨 거닐다

한잔 차에 시름 띠어

뭉킨 가슴 풀어보던

여기가 바로 다방 허리을이다.

그렇다 피의 분출을 가다듬어

원수의 이빨을 빼려다

급기야 강아지 발톱에 찢긴

여기가 바로 다방(茶房)

나는 믿지않는다 믿지 못한다

네 없음을 말해야 할 이자리란

금시 너의는 원앙새 모양 발을 맞추어

항시 잊지않던 미소를 들고

너는 우리 자리에 손을 내밀것이다.

창밖에 있거든 두다리라
그리고 소리쳐 대답하라.

모진 바람에도 거세지 않은 네 용정(龍井)사투리와
고요한 봄물결과 같이
또 오월하늘 비단을 찢는 꾀꼬리 소리와 같이
어여쁘던 네 노래를 기다린지 이미 삼년
시언하게 원수도 못갚은채 새원수에 쫓기는
울줄도 모르는 어리석은 네 벗들이
다시금 웨쳐 네 이름 부르노니
아는가 모르는가
"동주야! 몽규야!"

(1947.2.16)

발문(跋文)

　동주(東柱)는 별로 말주변도 사귐성도 없었건만 그의 방에는 언제나 친구들이 가득 차 있었다. 아모리 바쁜 일이 있더라도 "동주 있나" 하고 찾으면 하던 일을 모두 내 던지고 빙그레 웃으며 반가히 마조 앉아 주는 것이었다.

　"동주 좀 걸어 보자구" 이렇게 산책을 청하면 싫다는 적이 없었다. 겨울이든 여름이든 밤이든 새벽이든 산이든 들이든 강까이든 아모런때 아모데를 끌어도 선듯 따라 나서는 것이었다. 그는 말이 없이 묵묵히 걸었고 항상 그의 얼골은 침울하였다. 가끔 그러다가 외마디 비통한 고함을 잘 질렀다. "아-"하고 나오는 외마디소리! 그것은 언제나 친구들의 마음에 알지 못할 울분을 주었다.

　"동주 돈 좀 있나" 옹색한 친구들은 곳잘 그의 넉넉지 못한 주머니를 노리었다. 그는 있고서 안주는 법이 없었고 없으면 대신 외투든 시계든 내 주고야 마음을 놓았다. 그래서 그의 외투나 시계는 친구들의 손을 거쳐 전당포 나드리를 부즈런이 하였다.

　이런 동주도 친구들에게 굳이 거부하는 일이 두가지 있었다. 하나는 "동주 자네 시 여기를 좀 고치면 어떤가" 하는데 대하여 그는 응하여 주는 때가 없었다. 조용히 열흘이고 한달이고 두달이고 곰곰이 생각하여서 한편 시를 탄생시킨다. 그때 까지는 누구에게도 그 시(詩)를 보이지를 않는다. 이미 보여 주는 때는 흠이 없는 하나의 옥(玉)이다. 지나치게 그는 겸허온순(謙虛溫順)하였건만, 자기의 시만은 양보하지를 안했다.

또 하나 그는 한 여성을 사랑하였다. 그러나 이 사랑을 그 여성에게도 친구들에게도 끝내 고백하지 안했다. 그 여성도 모르는 친구들도 모르는 사랑을 회답도 없고 돌아오지도 않는 사랑을 제 홀로 간직한채 고민도 하면서 희망도 하면서— 쑥스럽다 할까 어리석다 할까? 그러나 이제 와 고쳐 생각하니 이것은 하나의 여성에 대한 사랑이 아니라 이루어 지지 않을 "또 다른 고향(故鄕)"에 대한 꿈이 아니었던가. 어쨌던 친구들에게 이것만은 힘써 감추었다.

그는 간도에서 나고 일본복강(福岡 후꾸오까)에서 죽었다. 이역에서 나고 갔건만 무던이 조국을 사랑하고 우리말을 좋아 하더니— 그는 나의 친구기도 하려니와 그의 아잇적동무 송몽규(宋夢奎)와 함께 "독립운동"의 죄명으로 이년형을 받아 감옥에 들어 간채 마침내 모진 악형에 쓰러지고 말았다. 그것은 몽규와 동주가 연전(延專)을 마치고 경도(京都)에 가서 대학생 노릇하던 중도의 일이었다.

"무슨 뜻인지 모르나 마지막 외마디 소리를 지르고 운명했지요. 짐작컨대 그 소리가 마치 조선독립만세를 부르는듯 느껴지드군요."

이 말은 동주의 최후를 감시하던 일본인 간수가 그의 시체를 찾으려 복강(福岡) 갔던 그 유족에게 전하여준 말이다. 그 비통한 외마디소리! 일본 간수야 그 뜻을 알리만두 저도 그 소리에 느낀바 있었나 보다. 동주 감옥에서 외마디소리로서 아조 가버리니 그 나이 스믈아홉, 바로 해방되던 해다. 몽규도 그 며칠 뒤 따라 옥사하니 그도 재사(才士)였느니라. 그들의 유골은 지금 간도에서 길이 잠들었고 이제 그 친구들의 손을 빌어 동주의 시는 한 책이 되어 길이 세상에 전하여 지려한다.

불러도 대답 없을 동주 몽규었만 헛되나마 다시 부르고 싶은 동주! 몽규!

강 처 중

오늘의 상황에서 윤동주 시 읽기

최동호(시인 · 고려대 교수)

1. 머리말

2010년 8월 광복절 기념식과 더불어 광화문 현판이 새로 걸리고 경복궁 문이 새로 열렸다. 우리 민족에게 고난과 시련의 시기였던 지난 백 년이 가고 찬란한 미래가 펼쳐질 새 백 년이 오는 순간이다. 이 감격의 순간 가장 먼저 떠오르는 시인이 필자에게는 윤동주이다. 그는 조국의 광복을 기다리다 옥중에서 일제의 고문과 억압으로 사망하였으며 식민지시대 어둠을 밝혀주는 하늘의 별과 같이 민족의 양심을 지켰던 시인이다. 그의 죄명은 독립운동이라고 적시되어 있는데 그가 가장 소망한 것은 인간의 진실을 지키면서 양심적인 시인으로 살아가는 것이었다. 그러나 그에게 주어진 운명은 조국의 광복을 맞이하지 못하고 옥중에서 순절이었다. 한민족이라면 누구도 쉽게 피할 수 없는 역사적 고난을 그가 대신 감당해 낸 것이라고 하지 않을 수 없다.

윤동주는 3.1운동의 민족적 저항의지가 꿈틀거리기 시작할 무렵인 1917년 12월 30일 북간도 용정에서 출생하였으며 1938년 4월 연희전문 문과에 입학하여 문학을 공부하였다. 1941년 연희전문을 졸업할 무렵 19편의 시를 묶어 77부 한정판으로『하늘과 바람과 별과 시』를 간행하려 했다. 이 계획은 검열을 통과하기 어려울 것이며 신변의 위험을 피하기 어려우니 보류하라는 이양하교수의 권유와 출판비 부족 등의 사유로 유보되었다가 광복을 맞은 다음 1948년 1월 정지용의 서문과 함께 유고 시집으로 세상에 처음 빛을 보게 된다. 1945년 2월 옥중에서 순절한 윤동주의 영혼이 이 유고시집을 통해 부활한 것이라고 해도 과언이 아니다.

당시 한국시단을 대표하는 시인이라고 할 수 있는 정지용은 서문에서 '무시무시한 고독(孤獨)에서 죽었고나! 29세(歲)가 되도록 시(詩)도 발표(發表)하여 본적도 없이!' 라고 하여 윤동주의 죽음을 애도하면서 '청년(靑年) 윤동주(尹東柱)는 의지(意志)가 약하였을 것이다. 그렇기에 서정시(抒情詩)에 우수(優秀)한 것이겠고, 그러나 뼈가 강(强)하였던 것이리라, 그렇기에 일적(日賊)에게 살을 내던지고 뼈를 차지한 것이 아니었던가?' 라고 반문하면서 '무명(無名) 윤동주(尹東柱)가 부끄럽지 않고 슬프고 아름답기 한(限)이 없는 시(詩)를' 남겼다고 결론지었다. 윤동주는 이 한 권의 유고시집으로 무명시인에서 일약 일제 말 암흑기를 대표하는 시인으로 자리 잡게 되었으며, 암흑기의 하늘에 빛나는 별과 같은 민족 시인으로 평가되었다.

2. 윤동주의 시세계

윤동주의 시는 크게 보아 다음 세 단계로 구분된다. 1934년부터 시작된 윤동주의 초기시는 동시가 주류를 이룬다. 바다를 향한 원초적 동경을 그린 「조개껍질」이나 세상을 바다로 비유하고 자신을 그 바다 속에 있는 조그만 인어로 표현하여 무력한 자아를 구체화시키고 있는 「거리에서」와 같은 시에서는 밝고 평화로운 화해의 세계와 함께 삶에 대한 불안과 중압감을 의식한 유년적 자아의 이중성이 느껴진다. 그러나 1937년에 쓴 「오줌싸개 지도」에서는 이러한 양면적인 세계 인식이 하나로 결합된다.

1930년대 중반의 문단적 상황을 살펴보면 1934년 이상의 『오감도 시편』(1934) 을 시작으로 정지용의 『정지용시집』(1935), 김영랑의 『영랑시집』(1935) 그리고 백석의 『사슴』(1936) 과 같은 문학사적으로 중요한 시집들이 연이어 간행되었다. 윤동주는 다양한 경향의 시들을 읽으면서 자신의 시적 세계를 다듬어나갔다. 이 중에서 숭실학교에 재학 중이던 윤동주가 『정지용시집』을 1936년 3월 평양에서 구입하여 읽기 시작한 것과 200부 한정판으로 간행된 『사슴』은 책을 직접 구하지 못하여 육필로 필사본을 만들어 숙독하였다는 것은 윤동주의 시적 발전에서 중요한 의미를 갖는다.

　정지용과 백석의 시편들을 접하고 새로운 시적 탐구를 모색한 윤동주의 시는 1937년을 분수령으로 하여 「달밤」, 「풍경」과 같이 모더니즘의 영향이 보이는 시와 「소낙비」, 「한란계」처럼 현실 인식을 드러내는 시의 두 가지 경향으로 변모한다. 이중 모더니즘 기법이 나타나는 시편들은 아직 모방과 습작의 단계를 크게 벗어나지 못한 것으로 보이나, 현실 체험의 구체적인 시편들은 자아의 번민과 갈등이 섬세하고 정갈한 언어로 표현되어 한층 진전된 모습을 보여준다. 윤동주는 문학에 깊은 뜻을 두고 있었으나 아버지 윤영석의 반대로 고심하였지만 할아버지 윤하현의 중재에 힘입어 1938년 4월 9일 연희전문 문과에 입학하였다. 법과나 의과로 진학하라는 아버지의 반대를 무릅쓰고 연전 문과를 택한 것이었는데, 윤동주가 연전을 택한 것은 종교적인 배경도 작용하였을 것이지만 한글학자 외솔 최현배 선생이 그곳에 재직하면서 민족의식을 고취시키고 있었기 때문이라고 한다.

　연희전문에 입학한 1938년경부터 윤동주는 자기 체험적인 성격이 강하면서도 유년기적 방황으로부터 어느 정도 벗어난 시편들을 통해 나름대로 시적 성숙을 보여준다. 「사랑의 전당」, 「자화상」, 「소년」 등에서는 한층 뚜렷해진 시적 역량을 발휘하기 시작한다.

　「소년」에서 느낄 수 있는 순정한 시심은 시인 윤동주의 마음 한가운데 언제나 자리 잡고 있었을 것이다. 이후 연희전문을 졸업한 1941년까지 쓴 시편들은 그 동안 번민 속에서 모색한 시적 탐구를 집약하는 동시에 호소력이 한층 강화된 수작들이다. 연희전문 시대를 통해 윤동주는 습작 시대를 넘어서서 시인으로서 독자적 세계를 형성하기 시작했다고 해도 과언이 아니다.

이 시점에서 윤동주의 시 세계를 크게 세 가지로 살펴볼 수 있다. 우선 주목할 것은 「새벽이 올 때까지」, 「태초의 아침」, 「또 태초의 아침」, 「십자가」 등은 기독교적 배경이나 발상을 갖는 시들로 어두운 현실에 저항하는 자기희생의 적극적인 의지를 담고 있는 시편들이다.

「십자가」에서 눈에 띄는 것은 인류를 위해 죽음을 택한 예수와 같은 숭고한 자기희생이다. 자기에게 십자가가 허락된다면 예수 그리스도처럼 고결한 목표를 위해 자신의 목숨을 바칠 수 있다는 화자의 결의는 그가 시대적 억압 속에서도 진정한 자기 실현을 결코 포기하기 않는 아름다운 정신을 지닌 청년이었음을 보여준다. 그의 목소리는 외침이 아니라 조용한 독백처럼 전해온다. 거기에는 과장이나 흥분이 없다. 진실한 호소는 언제나 나지막한 목소리를 지니기 때문이다.

다음으로 이 시기의 작품에서 두드러진 또 다른 시적 주제는 「자화상」에서 보여주는 바와 같이 반성적인 자기 인식과 이에 따른 연민의 정조이다. 20대 초반의 젊은 청년이 겪어야 했던 갈등과 자기 번민의 여러 가지 주제는 시대와 현실에 대한 저항의식과 결합하여 「눈 오는 지도」, 「또 다른 고향」, 「별 헤는 밤」, 「서시」, 「참회록」, 「쉽게 씌어진 시」 등과 같은 시에서 탁월하게 형상화된다. 이들 시편들에서는 암울한 시대에 대한 자각과 자아의 갈등을 극복하려는 의지가 한층 선명해졌으며 역사와 현실에 대한 응전의 자세가 보다 견고하게 표출되었다. 연전 재학 시절 윤동주는 국내시인들뿐만 아니라 키에르케고르, 도스토예프스키, 발레리. 지드, 보들레르, 쟘, 릴케 등과 같은 외국 작가들의 작품을 숙독하면서 시인으로서 자신의 갈 길을 심화시켰다. 1941년 11월 20일에 쓴 「서시」에서 윤동주는 자신이 지향하고자 하는 순결한 삶을 섬세하고 예민한 감각으로 노래하고 있다.

한 인간으로서 한 점 부끄러움 없이 세상을 산다는 것은 불가능에 가깝다. 그러나 윤동주가 「서시」에서 보여 주듯 죽어가는 모든 것을 사랑하면서 자신의 길을 걸어가겠다는 결의는 한 인간으로서는 별을 노래하는 마음으로 약자를 사랑하면서도 다른 외부의 강압에는 결코 굴하지 않겠다는 시대적 저항의식으로도 읽힌다. 부끄러움 없이 살면서 자신에게 주어진 길을 걸어가는 삶은 잎새에 이는 작은 바람에도 흔들리면서 괴로워할 줄 아는 섬세한 영혼을 지닌 도덕적 완전주의자의 몫이다.

윤동주의 시는 이처럼 내적인 자아와 강요된 현실과의 날카로운 대립을 하나로 수용하면서 어두운 시대를 결연하게 감내하겠다는 도덕적인 결의를 통해 자기희생의 비극적 아름다움을 창출했다는 점에서 지고한 정신적 염결성을 보여준다. 1942년 1월 24일 윤동주는 「참회록」을 쓰게 된다. 윤동주가 「참회록」을 쓰게 된 시기가 창씨개명을 신청(1942년 1월 29일)하기 직전이었다는 점을 우리는 결코 간과할 수 없다. 창씨개명은 당시로서는 일본 유학 서류에 필요한 도항증명(渡航證明)을 얻기 위해서는 누구도 피하기 어려운 제도적 선택이었음에도 불구하고, 윤동주는 이것을 매우 굴욕적인 것으로 받아들였고, 이로 인해 일종의 양심고백으로서 「참회록」을 쓰게 된 것이라는 점에 유의해야 할 것이다.

윤동주는 행동적인 시인이었다기보다는 내성적이고 사색적인 시인이었다. 바로 이 내성적인 특성이 그를 다른 어느 누구보다도 시대의 어둠 한가운데 서게 만들었으며, 암흑기의 하늘을 비추는 별과 같은 시인으로 빛나게 하였다고 할 수 있다. 인간 존재에 대한 그의 예리한 실존적 인식은 자기 응시와 분열, 그리고 자기희생의 심상을 고도의 시적 심상으로 형상화했으며 여기서 나아가 시대처럼 올 아침, 곧 어둠을 물리치고 다가올 시대에 대한 역사적 비전을 가능하게 만들었다. 만 24년 1개월의 삶에 대한 참회의 글을 오늘 '한 줄에 줄이고' 나서 또 다가올 미래의 어느 날 '왜 그런 부끄러운 고백을 했던가' 라고 다시 반성할 그 어느 즐거운 날을 예상했다는 점에서 민족 해방에 대한 윤동주의 역사적 비전은 확고한 것이었다고 해석된다. 이처럼 윤동주는 순수 서정시와 저항시의 구분을 뛰어넘어 인간의 실존적 고뇌를 예언자적 지성으로 승화시키면서 일제 말 암흑기의 우리 시사를 치욕의 역사에서 참회의 역사로 바꾸어 놓았던 것이다.

3. 윤동주의 옥사에서 일본의 동북 대지진까지

일본 교토에 있는 도지샤(同志社) 대학에 재학하고 있던 윤동주는 여름 방학을 맞아 귀국을 준비하고 있던 중 1943년 7월 14일 경도 특고 경찰에 의해 체포되어 '독립운동' 혐의로 2년형을 언도받고 구주(九州) 복강(福岡) 형무소에 수감되어 있던 중 광복을 불과 6개월 앞둔 1945년 2월 16일 옥중에서 외마디 비명을 지르고 사망했다고 한다. (이 외침은 일본인 간수가 잘 알아들을 수 없는 말이라고 했다고 하는데 아마도 마지막 순간에 절규처럼 모국어로 외친 '대한독립만세(大韓獨立萬歲)!'가 아니었을까 추정된다.) 구주 대학 의학부의 생체실험의 대상이 되었다고 전해지는 그의 죽음은 민족의 비극을 한 몸에 떠안고 순절한 것이라 해도 과언이 아니다. 그의 죽음은 어쩌면 그의 시 「십자가」에서 예견된 운명과 같은 것이었는지도 모른다. 그 운명을 피한 자는 민족의 죄인이 되고, 그 운명을 받아들인 자는 민족의 영웅이 될 것이다. 윤동주는 분명 스스로 죽음을 통해 영웅이 되고자 했던 시인은 아니었을 것이다. 그는 '꽃처럼 피어나는 피를/ 어두워가는 하늘 밑에/ 조용히 흘린' 말 없는 내성적 시인이다. 그럼에도 불구하고 윤동주의 시와 죽음으로 인해 일제하 식민지 시대의 치욕과 죄업으로부터 우리 민족의 정신사가 자유의 빛을 가질 수 있었다는 점에서 우리는 겸허한 마음으로 그의 희생에 엎드려 절해야 할 것이다.

이 지점에서 마지막으로 한 가지 더 첨언할 것이 있다. 그것은 2011년 3월 11일 일본 동북부 지방에서 일어난 대지진과 이후 원자력 발전소의 폭발로 인한 대재앙을 보면서 필자는 다시 윤동주를 생각해 보지 않을 수 없었다는 것이다. 과연 윤동주라면 이 상황을 어떻게 볼 것인가 하는 의문이다. 그를 억울한 죄명을 씌워 감옥으로 몰아가 옥사하게 만든 그들의 나라에 60여 년 후에 벌어진 대참사를 보면서 윤동주는 과연 무슨 생각을 할까? 이 글을 마무리하는 지금의 시점에서 필자에게 대신 말하라고 한다면 윤동주는 그들의 모든 죄업을 용서하라고 말할 것이라 짐작된다. 그가 서시에서 말한 것처럼 '모든 죽어가는 것을 사랑해야지'라는 시 구절이 이 대재앙을 보는 순간 윤동주의 가슴 한 가운데서 맑은 샘물처럼 솟아나올 것이라고 확신한다. 그것은 과거를 잊어버리자는 것과는 엄연히 다르다. 생명을 지닌 모든 것은 그 자체의 존재자로서 고귀성을 갖는다. 윤동주의 죽음이 지닌 위대성도 바로 이 생명의 존엄성과 범인류적 사랑에서 비롯된 것이라 말할 수 있을 것이다.

＊ 이 글은 2005년 5월 31일 연세대학교 채플시간에 한 특강 원고를 개고하여 『육필원고대조 윤동주 전집 하늘과 바람과 별과 시』(2010, 서정시학)에 수록된 내용을 축약하고 일부 새로 쓴 것임.

■ 윤동주 연보

윤동주 연보

| 1917년 | 1세 | 윤동주의 집안은 1886년 증조부 윤재옥(尹在玉) 때에 함경북도 종성(鍾城)에서 북간도의 자동(子洞, 또는 紫洞)으로 이주했다. 1900년 조부 윤하현(尹夏鉉, 1875~1948) 때에는 북간도의 명동촌으로 옮겨서 살았는데, 북간도 명동촌은 일찍부터 신학문과 기독교를 받아들인 선구자의 마을이었다. 1910년 조부 윤하현은 기독교 장로교회를 다니기 시작하여 윤동주가 태어날 무렵에는 장로직을 겸하였다. 조부의 영향으로 윤동주는 태어나자마자 유아 세례를 받았다. |

12월 30일 만주국 간도성 화룡현(和龍縣) 명동촌에서 본관이 파평(坡平)인 부친 윤영석(尹永錫, 1895~1962)과 모친 김용(金龍, 1891~1948)의 4남매 중 장남으로 태어났다. 호적과 대다수의 기록에는 그의 출생 연도가 1918년으로 되어 있는데, 이것은 출생 신고를 1년 늦게 했기 때문이다. 윤동주의 아명(兒名)은 '해환(海煥)'이었다.

사회 · 문화 1월, 이광수 장편『무정』을《매일신보》에 연재 (~6.14)

4월,《조선문예》창간 (편집인 최영년) (1918.10. 20 통권 20호로 종간됨)

9월, 기독교청년연합회 기관지《청년》이 창간됨

		11월, 이광수 장편『개척자』를 《매일신보》에 연재
		1923년

1923년	7세	부친 윤영석은 1895년 음력 6월12일에 출생하여 명동중학교를 졸업했다. 그 후 김약연의 주선으로 북경에 유학을 갔다 돌아왔다. 윤동주가 태어날 무렵에는 명동소학교에서 교편을 잡았고, 1923년 9월, 윤동주가 7세 되던 때 윤영석은 동경에 유학 중이었다. 그 해 12월, 누이동생 혜원(惠媛)이 출생했다.
	사회 · 문화	3월, 월간 아동잡지《어린이》창간 (주재, 방정환) (~1931.2) 3월16일, 일본 동경에서 방정환 중심, 아동문학동인단체《색동회》 조직 5월1일 방정환 어린이 날 제정 5월 15일 연극영화잡지『예원』 창간(주간 윤백남) 7월18일 염상섭『해바라기』《동아일보》에 연재 8월27일 염상섭『너희들은 무엇을 어덧느냐』《동아일보》에 연재 10월 여성 교양잡지《신여성》창간 11월 양주동, 이장희, 손진태, 유엽 등 문예지『금성』 창간 12월 조선여자교육협회, 《순회극단》을 조직 1925년
1925년	9세	4월 4일 만주국 간도성 화룡현에 있는 명동(明東)소학교에 입학했다. 명동 소학교는 원래 이전에 외

삼촌 김약연이 설립한 규암서숙(圭巖書塾)을 나중에 민족주의 교육을 시행하는 학교로 발전시킨 곳으로, 수많은 민족지사를 배출한 북간도 민족교육의 거점이었다. 그래서 1920년 10월 '간도 대토벌'에 나선 일본군에 의해 1918년 신축된 양옥 벽돌교사(校舍)가 불타는 수난을 겪기도 했다. 불탄 교사(校舍)는 1922년 원상복구가 되었지만, 윤동주가 입학할 무렵 명동학교의 형편은 썩 좋지 않았다. 1920년 캐나다 장로회 선교부가 북간도 교통의 요지인 용정에 은진중학교, 명신여학교를 세워 교육의 중심이 용정으로 이동한 데다, 갑자년 가뭄으로 인한 경영난까지 겹쳐 윤동주가 입학하던 1925년 명동중학교가 문을 닫은 때문이다. 명동소학교도 1929년 교회학교에서 공립으로 넘어갔다. 당시 그의 급우로는 후에 후쿠오카에서 같이 옥사한 고종 사촌 송몽규(宋夢奎)와 외사촌 김정우(金楨宇, 시인·숭실고 교사), 그리고 문익환(文益煥, 시인·목사) 등이 있었는데, 모두 문학 방면에 남다른 재능을 보였다.

사회 · 문화   1월 문예지《생장》창간 (주재 김형원)

5월 나도향 단편소설「벙어리 삼룡이」발표

5월 10일 월간종합잡지《신민》(편집 겸 발행인 이각종) 창간

5월 12일 조선치안유지법 공포 시행

8월 조선프롤레타리아예술가동맹 카프(KARF)결성

12월 26일 김소월 시집『진달래꽃』간행

1927년	**11세**	12월, 동생 일주(一柱)가 태어났다.

사회 · 문화 1월20일 월간종합지《현대평론》창간
2월10일 조선일보사, 월간잡지《신조선》창간
8월 26일 나도향 사망
11월 15일 카프의 기관지『예술운동』창간

1928년 12-14세 명동소학교 4학년 재학 시절에 『아이생활』, 『어린
1930년 이』등의 잡지를 구독하며 문학 소년의 꿈을 키우
던 윤동주는 5학년 때인 1929년에 급우들과 함께
『새명동』이라는 잡지를 등사판으로 발간했다.
1930년 김약연이 명동교회에 목사로 부임했는데,
당시 명동에서는 공산주의자들이 주도하는 테러가
자주 일어났다.

사회 · 문화 28년 1월 조선일보 최초의 신춘문예작품모집 입선
작품 발표
3월 영화잡지《문예영화》창간
29년 1월 김동인「광염 소나타」《중외일보》에 연재
5월 《조선문예》창간
5월1일 양주동 등《문예공론》창간(편집, 발행
인 방인근)
10월 월간 아동문학지《소년세계》창간
30년 3월 정지용, 박용철, 김영랑 등《시문학》창간
7월 임화「무산자」동경에서 발행

1931년	**15세**	1931년 3월 명동소학교를 졸업했다. 학교에서는 졸업생 14명에게 김동환(金東煥)의 시집『국경의 밤』을 졸업 선물로 주었다. 윤동주는 송몽규 등과 함께 대랍자(大拉子)에 있는 중국인 소학교 6학년에 편입해 1년을 더 다녔다. 대랍자는 명동에서 동쪽으로 10리쯤 떨어진 화룡현 현청 소재지였는데, 윤동주와 송몽규는 명동에서 대랍자까지 십리 길을 날마다 걸어서 통학했다고 한다.

사회 · 문화 1월 조선어연구회 조선어학회로 개칭
1월 16일 김기림「시론」『조선일보』에 발표
4월 21일 이태준「고향」『동아일보』에 연재
7월 8일 극예술연구회 결성
7월 16일 동아일보사 브나로드운동 전개
10월 29일 조선어학회, 한글날 제정
11월 이하윤, 박용철, 김영랑 등『문예월간』창간
11월 동아일보『신동아』창간(~1936.6. 통권 59호)

1932년	**16세**	4월, 용정에서 캐나다 선교부가 경영하던 미션학교인 은진중학교에 송몽규, 문익환과 함께 진학했다. 이름을 아명인 해환 대신 '윤동주'로 쓰기 시작한 것도 이때부터이다. 은진중학교는 '영국덕'이라 불린 용정 동남쪽 구릉에 위치한 미션스쿨로 명신여학교, 제창병원과 함께 캐나다 장로회 선교부에서 운영하던 학교였다. 은진중학교 재학시절, 윤동주는 축구선수로 뛰기도 하고, 교내 웅변대회에 참

가해 「땀 한 방울」이라는 제목으로 1등을 하는 등 다양한 활동을 펼쳤다.

사회 · 문화 1월 김동인 단편「발가락이 닮았다」《조광》에 발표,

4월12일 이광수『흙』《동아일보》에 연재

7월9일 최서해 사망

8월 프롤레타리아연극단체《신건설》창립

12월5일 순문예지《문학건설》(편집 겸 발행인 박동수)창간

1933년　　　　**17세**　4월 동생 광주(光柱)가 태어났다.

사회 · 문화 4월 김동인의 장편역사소설『운현궁의 봄』《조선일보》에 연재

5월 채만식『인형의 집을 나와서』《조선일보》에 연재

6월《카톨릭 청년》창간

8월 정지용, 김기림, 이효석, 유치진 등 '구인회' 조직

10월15일 잡지《학동》창간 (주재 한규상)

11월 4일 조선어학회, 한글 맞춤법 통일안 발표

1934년　　　　**18세**　12월 24일,「삶과 죽음」,「초 한 대」,「내일은 없다」 등 3편의 시작품을 썼다. 이 무렵부터 자신이 지은 시에 날짜를 적어 보관하였다.

사회 · 문화 1월 박용철《문학》창간

4월18일 극예술연구회 기관지 겸 동인지《극예술》

창간

5월 이기영, 박영희 등 조선프롤레타리아예술 동맹
　　원 80명, 제2차 카프사건으로 검거됨(일명
　　신건설 사건)

5월7일《진단학회》창립

8월1일 강경애『인간문제』《동아일보》에 연재

8월18일 심훈의『상록수』가 동아일보 창간 15주년
　　기념현상소설에 당선(9,10 동아일보에 연재
　　시작)

12월24일 김소월 사망

| **1935년** | **19세** | 1월 1일 송몽규는 『동아일보』 신춘문예에 콩트 |

1월 1일 송몽규는 『동아일보』 신춘문예에 콩트
「숟가락」이 아명인 송한범이라는 이름으로 당선되
었다. 4월경 송몽규는 가출하여 남경의 독립운동
단체로 가게 되었고, 문익환은 상급학교 진학에 대
비해 5년제인 평양 숭실중학교로 편입하였다. 윤동
주는 9월, 숭실중학교 3학년 2학기에 편입하여 창
작활동에 몰두하면서 10월, 숭실중학교 YMCA문
화부에서 발행하던 『숭실활천』 제15호에 시 「공상」
을 게재하였다. 이 시는 그의 시 가운데 최초로 활
자화된 작품이다. 이 외에도 「남쪽 하늘」(10월),
「창공」(10월 20일), 「거리에서」(11월 18일), 「조개
껍질」(12월) 등의 시를 썼다.

사회 · 문화 1월1일 김동리「화랑의 후예」《조선중앙일보》에 연재

1월1일 김유정 단편소설「소낙비」조선일보 신춘문
　　예 당선

4월 시전문지《시건설》(발행인 김익부)창간
5월 종합 교양지《사해공론》창간
5월 조선프롤레타리아예술동맹(카프 KAPF)해산
10월 서정주「자화상」《시건설》에 발표
11월5일 김영랑 시집『영랑시집』간행
12월 김동인 단편「광화사」발표

1936년　　　**20세**　　1월 일제 총독부 당국이 신사참배 명령을 거부했다는 이유로 윤산온(尹山溫, George S. McCune) 선교사를 교장직에서 파면하자 학생들의 항의 시위로 학교가 무기휴교에 들어갔다. 1936년 3월 문익환과 함께 용정으로 돌아온 윤동주는 5년제인 광명학원(光明學院) 중학부 4학년에 편입했다. 광명중학에 재학하던 2년 동안 윤동주는 동시에 몰두하여, 간도의 연길에서 발행되던 월간잡지『카톨릭소년』에 '윤동주(尹童柱)'라는 필명으로 「병아리」(11월호), 「빗자루」(12월호) 등의 시 작품을 발표했다. 이 무렵 일본판『세계문학전집』과 한국인 작가의 소설과 시를 탐독하였다. 또한『정지용 시집』을 정독하였다.

사회 · 문화　1월1일 김정한 단편 「사하촌」《조선일보》 신춘문예 당선
1월20일 백석 시집『사슴』간행
3월12일 강경애 단편 소설「지하촌」《조선일보》에 연재
6월 종합잡지《신동아》통권 59호로 폐간

9월 16일 심훈 사망

11월 서정주, 김동리, 오장환 등 14명《시인부락》을
  창간 (발행 겸 편집 서정주)

1937년   **21세**   『카톨릭 소년』지에 동시 「오줌싸개 지도」(1월호),
「무얼 먹고 사나」(3월호)를 윤동주(尹童柱)라는 이름
으로, 「거짓부리」(10월호)를 윤동주(尹童舟)란 이름
으로 한자를 바꾸어서 발표하였다. 동주(童舟)란 필
명은 이때 처음 사용하였다.

8월에는 100부 한정판인 백석의 시집 『사슴』을
완전히 베껴 필사본을 만들었다. 9월에는 수학여행
으로 금강산과 원산 송도원 같은 곳을 구경하였고,
이때 「바다」, 「비로봉」 2편의 시를 얻었다. 광명중
학교 졸업반인 5학년 2학기가 되면서 상급학교 진
학문제로 의학을 선택하라는 부친과 문학을 희망하
는 윤동주 사이에 갈등이 심해졌다. 조부 윤하현의
권유로 부친이 양보하여 문과를 택하게 되었다. 이
시기에 『영랑시집』을 정독하였다.

사회 · 문화   3월 29일 김유정 사망

4월17일 이상 사망

5월3일 이용악 시집 『분수령』 일본 동경에서 출판

7월1일 유치환 발행 시 잡지《생리》창간

10월2일 조선총독부, 황국신민서사 공포

11월5일《시대일보》폐간

11월10일 신석초, 이육사, 윤곤강 등 시 전문 동인

지《자오선》창간 (편집 겸 발행인 민태규)

1938년 **22세** 2월 17일, 광명중학교 5학년을 졸업하고 4월 9일, 고종사촌 송몽규와 함께 연희전문학교 문과에 입학하여 기숙사 생활을 했다. 윤동주는 당시 연희 전문에서 흥업구락부 사건으로 교수직을 박탈당하고 도서관에서 임시로 근무하던 외솔 최현배(崔鉉培) 선생의 조선어 강의와 손진태 교수의 역사 강의를 들으며 민족문화의 소중함을 재확인했다. 또한 이양하 교수에게 영시(英詩)를 배우며 자신의 문학관을 정립해 나갔다. 동시「햇빛 · 바람」,「해바라기 얼굴」,「애기의 새벽」,「귀뚜라미와 나와」등과 「새로운 길」,「비오는 밤」,「사랑의 전당」,「이적」,「아우의 인상화」,「코스모스」,「슬픈 족속」, 등의 시작품을 썼다.

사회 · 문화 2월 29일 임화 시집『현해탄』발간
3월 7일 채만식「치숙」『동아일보』연재
5월 12일 박용철 사망
6월 3일『청색지』(편집 겸 발행인 구본웅) 창간
6월 15일 시전문지『맥』창간(편집 겸 발행인 김정기)
7월 19일 문세영, 최초의『우리말사전』발행
10월 한국 최초의 수필 월간지『박문』창간(박문서관)

1939년 **23세** 『조선일보』학생란에 산문「달을 쏘다」(1월 23일)와 시「유언」(2월 6일), 「아우의 인상화」(10월 17일)를 '윤동주(尹東柱)' 및 '윤주(尹柱)'란 이름으로

발표했다. 또한, '윤동주(尹童柱)'란 이름으로『소
년』지에 동시「산울림」을 발표했다. 이를 계기로
『소년』편집인인 윤석중을 만나게 되었다.『문장』,
『인문평론』을 매달 사서 읽었다.

사회·문화 2월 문학 종합지『문장』창간(이태준 주간)

3월 5일 시동인지『시림』(편집 겸 발행인 고경상)
　　　창간

8월 1일 김남천「사랑의 수족관」『조선일보』에 연재

8월 16일 이병기『가람시조집』문장사에서 발간

10월 최재서『인문평론』창간(1941.4 통권 16호 로
　　　종간)

11월 신성적 시집『촛불』출간

12월 장만영 시집『祝祭』출간

12월 유치환 시집『靑馬詩抄』출간

1940년　　**24세**　새로 연희전문에 입학한 하동 학생 정병욱
(1922~1982)을 알게 되었다. 윤동주는 이화여전
구내의 협성교회에 다니면서 케이블 목사 부인이
지도하던 영어 성서 반에 참석했다. 이 해 무렵 릴
케, 발레리, 지드 등을 탐독하는 한편 프랑스어를
공부하였다.

　1939년 9월 이후로 절필하다가 그해 12월 3편의
시「病院」(12월),「위로」(12월 3일),「八福」(12월 추
정)을 썼다.

사회 · 문화		2월11일 조선총독부 창씨개명제 실시
		6월11일 이기영『봄』(미완)《동아일보》에 연재
		8월1일 한설야『탑』《매일신보》에 연재
		8월10일 《동아일보》,《조선일보》강제 폐간
		12월 평양에서 친일극단 '국민좌' 결성(1939년 9월에 창립된 '노동좌'의 개칭)
		12월 박종화 단편소설「아랑의 정조」『문장』발표
1941년	**25세**	5월에 기숙사를 나와 누상동의 김송(金松) 집에서 정병욱과 함께 하숙을 하다가 일본 형사의 눈을 피해 9월에 북아현동으로 하숙을 옮겼다.「서시」,「또 다른 고향」,「십자가」,「별 헤는 밤」,「새벽이 올 때까지」등 여러 편의 작품을 쓰는 한편, 연희전문 문과에서 발행한『문우지』에「자화상」,「새로운 길」의 시를 발표했다. 12월 27일, 전시 학제 단축으로 연희전문 문과를 3개월 앞당겨 연희전문학교 4학년을 졸업했다. 졸업 기념으로 자선시집(自選詩集)『하늘과 바람과 별과 시』(19편)를 77부 한정판으로 출간하려 했으나 실패했다. 본래 예정되었던 시집 제목은『病院』이었으나「서시」가 씌어진 후 위와 같은 제목으로 바뀌었다.『病院』은 병든 사회를 치유한다는 상징적인 의미이다. 같은 시집 3부를 작성하여 한 부는 자신이 갖고 나머지 2부는 이양하 선생과 정병욱에게 1부씩 증정했다. 오늘날 시집의 유일한 원고가 된 것은 정병욱의 보관본에 의한 것이다. 일제가 2월부터 강제로 창씨개명을 강요하자

고향집에서는 일제의 탄압을 못 견디고 윤동주의
도일(渡日) 수속의 편의를 위하여 성씨를 히라누마
(平沼)로 개명했다. 송몽규 집에서는 성씨를 소오무
라(宋村)로 개명했다.

사회 · 문화 2월 황순원 단편소설「별」《인문평론》에 발표
3월16일 유치진 등 현대극장을 조직
4월 순문예지《문장》,《인문평론》강제폐간
6월 친일시인들《국민시가연맹》을 조직
11월《국민문학》창간, 최재서 편집 발행(~1944)

1942년　　　　**26세**　　연희전문을 졸업하고 일본에 갈 때까지 한 달 반
정도 고향 집에 머물렀다. 당숙 윤영선에게 서정주
시집 『화사집』과 미요시(三好達治) 시집 『春の岬』를
선물하며 이상의 작품을 읽기를 권하였다. 이 무렵
키에르케고르의 작품을 탐독했으며, 용정에 돌아와
있던 박창해에게서 『퀴리부인전』의 영문 원서를 빌
려 일역판과 대조하며 읽었다. 졸업 증명서, 도항
증명서 등 수속에 필요한 서류 때문에 1월 19일, 연
희전문에 히라누마로 창씨 개명한 이름을 제출했
다. 1월 24일에 쓴 시 「참회록」이 고국에서 쓴 마지
막 작품이다. 3월 일본으로 건너가 도쿄 릿쿄대학
[立敎大學] 문학부 영문과에 입학했다. 함께 일본유
학 길에 오른 고종사촌 단짝 송몽규는 교토제국대
학[京都帝國大學] 사학과(서양사 전공)에 입학했다. 때
문에 두 사람은 서로 떨어진 채 유학생활을 시작해

야 했다. 윤동주가 진학한 동경 릿쿄(立敎)대학은 성
공회에서 경영하는 기독교계 학교이다. 학적부에
의하면 윤동주는 릿쿄대학 한 학기 동안 〈영어학연
습〉과 〈동양철학사〉 2과목만 수강했으며 각기 85
점과 80점을 취득했다. 이 대학 시절에 쓴 시 작품
「흰 그림자」, 「흐르는 거리」, 「쉽게 씌어진 시」 등
5편을 서울의 한 친구에게 우송했다. 윤동주는 그
해 10월 교토의 도지샤대학[同志社大學] 영문과로 편
입학을 했다. 도지샤대학은 윤동주가 가장 좋아한
시인 정지용이 다닌 학교로, 일본 조합교회에서 경
영하는 기독교계 학교이다. 전시체제하의 살벌한
분위기 속에서도 윤동주는 도지샤대학의 자유로운
학풍을 만끽하고, 여러 벗들과 어울리며 한결 안정
된 유학생활을 하였다.
2월20일 조명희 사망

사회·문화 5월 잡지《삼천리》, 《대동아》로 개제
5월1일 조선어학회 기관지《한글》통권 93호로 폐간
5월25일 이효석 사망
11월 조선어학회 사건 발생

1943년 **27세** 일본 체류 중 읽은 책은 『고호 서간집』, 『고호의
생애』, 『다찌하라 미찌오(立原道浩)』 등이 있다. 7월
윤동주는 방학을 맞아 고향으로 돌아갈 준비를 하
던 중에 송몽규 등과 함께 일본 경찰에 체포되어 교
토 시모가모(下鴨) 경찰서에 구금되었다. 취조서에

윤동주의 죄명은 〈독립 운동〉으로 기록되었다. 일본 경찰의 감시를 받던 송몽규와 더불어 조선인 유학생을 모아놓고 조선의 독립과 민족문화의 수호를 선동했다는 죄목이었다. 윤동주는 체포 당시 일본에서 유학하던 중에 썼던 상당한 분량의 작품과 일기를 압수당하였다. 12월 6일, 송몽규, 윤동주, 고희욱이 송청되었다.

사회 · 문화 4월17일 조선문인보국회 결성(1945.8.15까지 지속)
4월25일 이상화 사망
4월25일 현진건 사망
9월23일 이기영『광산촌』매일신보 연재

1944년 **28세** 1월 19일, 고희욱은 기소유예 처분으로 석방되었고 2월 22일, 윤동주, 송몽규가 기소되었다. 3월 31일, 경도지방재판소 제2형사부는 윤동주에게 1941년 개정 치안유지법 제5조 위반 〈독립운동〉 죄로 '징역 2년(미결 구류일수 120일 산입)'을 선고(구형은 3년)하였고, 이 재판의 결과는 4월 1일 확정되었다. 4월 13일 송몽규도 윤동주와 같은 죄목으로 징역 2년 (구형 3년)형을 언도받았다. 미결 구류일수는 산입되지 않았으며, 이 재판 결과는 4월 17일에 확정되었다. 윤동주와 송몽규는 후쿠오카(福岡) 형무소에 투옥되었다. 윤동주는 옥중에서 고향 집에 부탁하여 차입한 『영화대조신약성서』를 탐독했다. 고향집에 보내는 서신은 매달 일어로 쓴 엽서 한 장씩만 허락되었다.

사회 · 문화   1월16일 시인 이육사 사망
5월 26일 비평가 김환태 사망
8월, 여자 정신대령(挺身隊令) 시행.

1945년   **29세**   매달 초순에 고향 집으로 배달되던 윤동주의 엽서가 2월 중순까지 오지 않고 18일에 "2월 16일 동주 사망, 시체 가지러 오라"는 전보가 도착하면서 윤동주의 사망이 알려지게 되었다. 부친 윤영석이 고인의 당숙 윤영춘과 함께 시체를 인수하러 일본으로 떠난 사이에 "동주 위독하니 보석할 수 있음. 사망 시엔 시체를 가져가지 않으면 규슈제대에 해부용으로 제공할 것임. 속답 바람"이라는 통지서가 뒤늦게 도착했다. 일본에 도착한 부친과 당숙은 송몽규부터 면회했는데 매일 이름도 모르는 주사를 맞는다는 그는 매우 여위어 있었고 윤동주도 마찬가지로 주사를 맞아 왔다고 했다. "동주 선생은 무슨 뜻인지 모르나 큰소리를 외치고 운명했습니다"라고 일본인 간수가 말해주었고, 형무소 측에서는 운명시간이 오전 3시 36분임을 알려주었다. 규슈제대에서 방부제를 사용하여(시체를 해부하기 위해서라고 추측됨) 윤동주의 시신은 생시와 다름없는 모습이었다. 송몽규도 윤동주가 죽은 지 23일 만인 3월 10일 옥사했다. 한줌의 재가 된 윤동주의 유해는 아버지의 품에 안겨 고향으로 돌아와 가족과 친

지들에 의해 3월 6일, 북간도의 용정 동산에 자리
한 교회 묘지에 묻혔다. 장례식에서는 『문우』지에
발표되었던 「우물속의 자화상」과 「새로운 길」이 낭
독되었다. 이 해 6월 14일 가족들은 윤동주의 묘소
에 '시인 윤동주지묘(詩人尹東柱之墓)'라고 새긴 비석
을 세웠다. 8월 15일 윤동주, 송몽규 사망한 지 반
년 만에 일제가 패망함으로써 해방이 되었다.

사회 · 문화 5월 전시교육령 공포(교육의 군사화를 위해 전학교
에 학도대를 조직)
8월 송영, 안영일 등 《조선연극건설본부》 결성
9월 14일 『조선통신』 창간
10월 평양예술 《문화협회》 결성(회장 최명익)
10월 14일 해방 후 최초의 신문 연재소설 등장(김남
천 「1945년 8월 15일」 『자유신문』에 게재
11월 23일 『조선일보』 복간
12월 7일 『동아일보』 복간
12월 1일 월간종합지 『백민』(편집 겸 발행인 김송)
창간
12월 27일 《조선문화협회》 결성

1947년 사후 2년 2월 13일자 『경향신문』에 정지용의 소개문과 더
불어 유작(遺作) 「쉽게 씌어진 시」가 해방 후 최초로
발표되었다. 2월 16일, 정지용, 유영, 윤일주, 안병
욱, 윤영춘, 이양하, 김삼불, 정병욱 등 30여 명의
사람들이 서울 소공동 〈플라워 회관〉에 모여 송몽

규, 윤동주 양인 추도회를 가졌다.

사회 · 문화 2월 14일 『세계일보』 창간
5월 신문 『민주조선』 창간
6월 20일 유치환 시집 『생명의 서』 발행
10월 29일 유치진, 이서구 등 조선연극동맹에 대항
하여 《전국연극예술협회》 결성
11월 서정주 「국화 옆에서」 『경향신문』 발표

1948년　　**사후3년**　1월, 유고 31편을 모아 정지용의 서문을 붙여 유고
시집 『하늘과 바람과 별과 시』를 정음사에서 간행했
다. 작품 선별과 편집은 윤일주가 담당했다. 9월 4
일 조부 윤하현이 별세하였고, 9월 26일 모친 김용
이 별세하였다. 12월 누이 윤혜원이 윤동주의 중학
시절 원고를 가지고 고향에서 서울로 이주하였다.

사회 · 문화 2월 《평화일보》 창간
4월1일 서정주 두 번째 시집 『귀촉도』(선문사) 간행
9월1일 유치환 시집 『울릉도』 발간
9월30일 국회, 한글전용법 통과
10월 『문장』 속간
10월9일 한글전용법 공포
11월23일 《국민일보》 창간

1955년　　**사후10년**　2월, 윤동주 10주기 기념으로 88편의 시와 4편의
산문을 엮어 다시 『하늘과 바람과 별과 시』를 정음

사에서 간행했다. 편집은 정병욱의 자문을 받아 윤일주가 담당했고, 표지화는 수화 김환기 화백이 담당하였다. 2월 16일, 연희대학교 문과 주최로 박영준, 김용호, 정병욱 등이 모여 '윤동주 10주기 추도회'를 가졌다. 이날 저녁 당숙 윤영규 집에서 강소천, 이한직, 최영해, 노천명, 조병화 등 동문과 문단, 친지 20여 명이 모여 윤동주를 추모했다.

사회 · 문화　1월1일 월간《현대문학》창간, 손창섭 제1회《현대문학》신인상 수상

4월 김동리 단편소설「밀다원시대」,《현대문학》에 발표

7월 월간《예술집단》창간

9월19일 이승만, 한글간소화안 철회

10월15일 박인환 유일본 시집『박인환선시집』간행

12월 김성한 제1회 동인문학상 수상

1968년　　**사후23년**　11월 2일, 연세대학교 학생회와 문단 친지 등이 모금한 성금으로 연희전문 시절 윤동주가 지내던 연세대 기숙사 앞에 '윤동주 시비'를 건립하고 제막식을 가졌다. 제막식에는 연희전문 시절의 은사 최현배, 김윤경, 백낙준선생과 박종화, 박목월, 박대선, 유영 등 동문, 선후배 수백 여 명이 참석하여 요절한 시인 윤동주를 추모했다. 시비는 친동생 윤일주가 설계하고, 윤동주의「序詩」친필을 확대하여 새겼다. 글씨는 고인의 연세대 후배인 서예가 박준

근이 썼다.

1970년　　**사후25년**　　10월 15일부터 1주일간, 윤동주 25주기를 맞아 고인의 친필 유고와 유품 전시회를 열었고, 10월 22일에는 국립중앙도서관 회의실에서 백철, 유영춘, 문익환, 김정우, 정병욱 등 13인이 참석해 윤동주 추모 좌담회를 열었다.

1976년　　**사후31년**　　6월, 외솔회 발행「나라사랑」제 23집을 윤동주 특집호로 엮었다. 7월, 그 동안 게재 유보하였던 시 작품 23편을 시집『하늘과 바람과 별과 시』에 추가 수록하였다.

1977년　　**사후32년**　　10월, 일제 때 내무성 경보국 보안과 발행의 극비 문서『特高月報』(1943년 12월분)에 실린 '재경 조선인 학생민족주의 그룹 사건 책동 개요'(송몽규, 윤동주의 문초기록)가 입수됨으로써 두 사람의 혐의가 처음으로 알려지게 되었다.『문학사상』(1997.12) 번역 게재

1979년　　**사후34년**　　1월, 일본 司法府 刑事局 발행의 극비 문서『思想月報』제109호(1944.4~6월)에 실린 송몽규에 대한 판결문과 관련자 처분 결과 일람표가 입수되었다. 송몽규, 윤동주의 형량 등이 모두 알려지게 되었고, 혐의는 〈독립운동〉이었음이 확인되었다.

1982년　　　사후37년　　8월, 일본 경도 지방재판소의 판결문 사본이 입수(문학사상1982.10,번역게재)되었다. 송몽규, 윤동주의 죄목과 형량 등의 전모가 알려지게 되었다.

1985년　　　사후40년　　윤동주 연구가인 오무라 마쓰오(大村益夫) 교수에 의해 북간도 용정에 있는 윤동주의 묘와 비석의 존재가 한국 학계와 언론계에 소개되었다. 오오무라 교수는 중국공안당국의 허가를 받아 5월14일 연변대학 권철 부교수, 조선문학 교연실 주임, 이해산 강사와 역사에 밝은 용정 중학의 한생철 교사와 함께 동산의 교회묘지에서 윤동주의 묘를 찾아냈다. 그러나 40년 만에 윤동주의 무덤을 발견했을 때, 주변은 온통 잡초로 뒤엉켜 있었고 묘비도 쓰러져 있었다고 한다.

　　　　　　　　　　　　윤동주의 시정신을 계승하기 위해 한국문인협회가 '윤동주문학상'을 제정했다.

1990년　　　사후45년　　북간도의 유지들이 대랍자에 있던 송몽규의 묘와 비석을 찾아내 용정 윤동주의 묘소 근처로 이장했다.

1992년　　　사후47년　　8월, 중국 용정중학교 내에 윤동주 시비를 건립하였다.

1995년　　　사후50년　　2월 16일, 연세대학교 총학생회 주최로 윤동주 시비 앞에서 추모식 및 시화전이 개최됐는데 윤동주 관련 자료도 함께 전시되었다.

같은 날 윤동주의 모교인 교토 도지샤 대학의 교
정에 윤동주 시비를 건립하였다.

1999년　　사후54년　　『윤동주자필시고전집』이 윤인석과 오무라 등의
엮음으로 간행되었다.

2000년　　사후55년　　연세대학교 핀슨홀 건물(윤동주가 연세대학교 재
학시절의 기숙사 건물) 2층에 '윤동주기념실'이 개
관되었다.

2001년　　사후56년　　연세대학교 원주캠퍼스에 윤동주 시비가 건립되
었으며 윤동주를 기념하기 위해 연세대학교에서
2001년부터 정현기교수를 운영위원으로 '윤동주
기념 사업회'를 구성하고 같은 이름의 문학상을 제
정하여 전국의 대학생을 대상으로 작품 공모를 시
작하였다.

2004년　　사후59년　　12월, 서울 남산에 있는 문학의 집에서 '시인 윤
동주 60주기 추모전야제'가 한국문인명예운동본부
(회장 김우종) 주최, 한국문화예술진흥원 후원으로
열렸다.

2005년　　사후60년　　시드니에서 '윤동주 60주기 추모문학제'가 열렸
다. 윤동주의 기념비를 교토(京都)에 세우려는 일본
의 시민단체 '시인 윤동주 기념비 건립위원회'(대
표 안자이 이쿠로(安齋育郎))가 발족했다.

2009년 **사후64년** (2월13일~2월15일) 윤동주 옥사 64주기를 맞아 일본 릿쿄대학과 동경 학예대학에서 윤동주 추모제가 열렸다.

2010년 **사후65년** 2010년7월, 일본 시민단체 '시인 윤동주 기념비 건립위원회'(대표 안자이 이쿠로(安齋育郎))의 요구에 따라 일본 검찰이 1944년에 작성된 윤동주 재판 판결문을 공개했다. 1984년 윤동주의 시집 『하늘과 바람과 별과 시』를 일본어로 번역해 펴낸 이부키고(伊吹鄕)씨가 시집 출간 직전에 윤동주 재판 판결문을 개인적으로 열람한 뒤 시집에 전문을 옮겨 실은 적이 있었다. 하지만 그 이후에도 검찰은 판결문을 공개하지 않다가 일본의 '시인 윤동주 기념비 건립위원회'의 요청을 받아들여 원문을 공개하고, 처음으로 원문 전문 복사를 허용했다. 건립위원회는 판결문 외에도 재판 기록과 일기 등 증거물도 공개하라고 요구했지만, 교토 지방 검찰청은 "1945년 이전의 판결 중 재판 기록까지 남아 있는 것은 4건 뿐"이라며 "윤동주 사건의 경우 판결문 외에는 아무것도 남아 있지 않다"고 설명했다.

2011년 **사후66년** 2월 13일에 일본 후쿠오카의 옛 형무소 뒷마당에서 문학평론가 김우종선생이 주관하는 66주기 윤동주 추모제가 한일 공동주최로 열렸다.

2월 20일 동경 릿쿄대학에서 윤동주 추모제가 300여명의 추모객들과 함께 열렸다. 3남1녀의 장

남이었던 윤동주 시인의 형제 중에서 유일한 생존자인 윤혜원씨의 증언이 있었다. '윤동주 시인은 죽을 때까지 시인으로 대우받지 못했다고 한다. 후쿠오카 감옥에서 옥사하여 한 줌의 재로 돌아온 손자를 북간도에 묻은 다음 할아버지가 "시인 윤동주 묘"라는 비석을 세워놓은 다음에야 비로소 시인이 되었다'고 전했다.

원본 윤동주 시집

초 판 발 행	2011년 5월 15일
1판 2쇄 발행	2015년 9월 20일
1판 3쇄 발행	2017년 5월 20일

주　　　해	최동호
펴　낸　이	박현숙
펴　낸　곳	도서출판 깊은샘
등　　　록	1980년 2월 6일　제2-69
주　　　소	서울특별시 용산구 원효로80길 5-15 2층
전　　　화	02-764-3018~9
팩　　　스	02-764-3011
이　메　일	kpsm80@hanmail.net

| 인　　　쇄 | 임창피앤디 |

| I S B N | 978-89-7416-217-7 03810 |